DUMONT

Mike Litt ist nicht irgendein Radio-DJ, er ist Kult, Zigtausende Menschen lieben ihn. Für seine Musik, für seine Stimme, für seine Worte. Trotzdem ist er: der einsamste DJ der Welt. Jedes Jahr an Heiligabend beginnt um 19.03 Uhr die Sendung, die ihn berühmt gemacht und der er seinen Titel zu verdanken hat. Allein sitzt er in seinem Studio, legt Platten auf, spricht mit seinen Hörern in ganz Deutschland. Wer einmal diese Sendung gehört hat, der weiß, was echte Magie ist. Doch was macht Mike Litt an den restlichen 364 Tagen im Jahr? Und wie wurde er überhaupt zum einsamsten DJ der Welt? In seinem Buch erzählt Mike Litt, wie er vom heimischen Fleischereifachgeschäft über Benediktinerinternat und Fast-Food-Restaurant schließlich zur Musik und zum Radio gekommen ist.

Mike Litt wurde 1967 in Falls Church bei Washington D.C. geboren und lebt seit seiner frühen Kindheit in Deutschland. Noch während der Schulzeit begann er als Journalist und DJ zu arbeiten. Im Jahr 1995 startete er seine Radiokarriere bei WDR 1Live, seit fast fünfzehn Jahren ist er dort an Weihnachten »Der einsamste DJ der Welt«, außerdem moderiert er seit mehr als zehn Jahren wöchentlich die Literatursendung »Klubbing«. Bei DRadio Wissen hat er seine eigene Show »Lärm by Litt«.

Mike Litt

Der einsamste DJ der Welt

Roman

DUMONT

FSC
www.fsc.org
MIX
Papier aus verantwortungsvollen Quellen
FSC® C083411

Originalausgabe
Oktober 2012

Umschlag: Zero, München
Umschlagabbildung: FinePic®, München
Gesetzt aus der Corporate und der Neuen Helvetica
Druck und Verarbeitung: CPI – Clausen & Bosse, Leck
Gedruckt auf säurefreiem und chlorfrei gebleichtem Papier
Printed in Germany
ISBN 978-3-8321-6202-3

www.dumont-buchverlag.de
www.mikelitt.de

»Wir tranken im ›Zwischenfall‹ wieder
einen auf Helmut Schmidts Wohl.
Inzwischen arbeitete Mike Litt dort,
der auch gut flippern und knobeln konnte.
Wir schockten mit ihm, er verlor wenig.«

Wolfgang Welt, *Doris hilft*

So ein Abend

Seid ihr jemals an Heiligabend durch die leeren Straßen gegangen in den Minuten, in denen das Tageslicht verschwindet und Platz macht für das Leuchten der Straßenlaternen und das Blinken der Lichterketten in den Häuserfenstern? Da gibt es ein paar Augenblicke, in denen die Welt ziemlich grau aussieht, weil die Sicht milchig und verwaschen ist. Es wird dunkel, aber die ganzen Weihnachtsdekos haben noch nicht die volle Strahlkraft. Dazu ist es an diesem Abend gespenstisch still. Es fahren kaum noch Autos, aus den Häusern kommen nur ganz, ganz gedämpfte Geräusche, und wer jetzt noch auf den Straßen unterwegs ist, ist wirklich spät dran. Die meisten Familien sitzen schon komplett beeinander in ihren Wohnzimmern. Als kleiner Junge ging ich zu dieser Tageszeit einmal mit meiner Oma über leergefegte Wege zum Haus meiner Tante, wo man schon mit der Bescherung und dem Abendessen auf uns wartete. Oma steckte mit ihren drei, vier Zentnern in ihrem dicken, steifen Wollmantel und lief ungewöhnlich langsam. Sie sagte auch kaum etwas. Normalerweise donnerte sie wie ein Panzer durch die Gegend und hatte an jedem Hauseingang, an dem man vorbeikam, einen Kommentar zu den Menschen dahinter. An jenem Abend ging sie ganz entspannt und war anscheinend in Gedanken versunken. Sie hatte mich an die Hand genommen. Meine kleine, weiche

Hand lag in ihrer schwieligen, harten. An der großen Wiese, da, wo man weit gucken konnte, weil dort weniger Hochhäuser hingebaut worden waren, blieb sie stehen und atmete ein paar Sekunden tief durch. Ich wollte schnell weiter zu meinen Geschenken, die unterm Weihnachtsbaum bei meiner Tante lagen. Ich versuchte sie weiterzuziehen, aber sie hielt mich fest mit dieser kräftigen Hand, mit der sie als junges Lehrmädchen schon ihren Metzgermeister krankenhausreif geschlagen hatte, und sagte: »Wir müssen mal schauen. Vielleicht sehen wir ja das Christkind.« Wir blickten ein paar Sekunden in Richtung Norden. Dann zog sie ihren Hut und ihren Mantel zurecht und sagte: »So, mein Junge. Dann lass uns weiter!« Es war bereits richtig dunkel geworden um uns herum. Aber die Fenster leuchteten und die Straßenlaternen strahlten hell. Wir gingen also weiter und in Omas harter Hand fühlte es sich ganz warm an. Ich fragte mich, wie man nur so harte, schwielige Hände bekommen konnte. Sie hatte bestimmt viel gearbeitet. Aber jetzt war alles gut und ruhig. Es war ja Weihnachten.

Nicht nur zur Weihnachtszeit

Die meisten von uns machen sich wenig Gedanken darüber, wer eigentlich alles an Weihnachten arbeitet. Wer nicht selber betroffen ist, hat vor lauter Weihnachtsgefühl auch gar keine Zeit dafür, sich vorzustellen, dass es Hunderttausende sind, die Tankstellen, Werksanlagen, Krankenhäuser oder sonst was am Laufen halten. Jeder weiß, dass Mutti an Weihnachten viel am Herd schuftet und natürlich der Weihnachtsmann. Der übergewichtige Typ im knallroten Anzug, mit dem wallenden Bart und den schwarzen, schweren Stiefeln. Aber wer hat ihm jemals ins Gesicht gesehen? Hat er Falten um die Augen? Vielleicht ein Muttermal am Hals? Die Vorstellung vom Weihnachtsmann ist in den meisten Köpfen am Ende doch ziemlich vage. Trotzdem kennt ihn jeder oder meint ihn zu kennen. So ähnlich ist das mit mir.

Tatsächlich halten mich viele Menschen wenn auch nicht für den Weihnachtsmann persönlich, dann doch für einen seiner direkten Verwandten. Ich erscheine ihnen einmal im Jahr. Im Radio. Immer wieder am Abend des 24. Dezembers. Dann hören sie mir zu, wenn ich Briefe oder E-Mails vorlese und Musik für sie spiele. Und ich vermute, viele Menschen hören an diesem Abend sogar sehr intensiv zu, sonst käme ja nicht so viel Post. Wenn diese Weihnachtsradioshow dann eine Stunde nach Mitternacht endet, verschwindet der einsame DJ wieder. Ich vermute, viele meiner Hörer verstauen ihn in ihrer Vorstellung bis zum nächsten Jahr irgendwo in einem hinteren Speicherareal des Kopfes. Und wenn sie nicht zufällig mal im Hochsommer auf das letzte Weihnachten zu sprechen kommen sollten, bleibt er da auch. Gut abgelegt, wie in vielen Haushalten die Christbaumkugeln in irgendwelchen Schachteln im Keller. Aber wenn mein Name fällt, egal ob im Frühling oder im Herbst, dann heißt es: »Ach, Mike Litt, der einsamste DJ der Welt!«

Natürlich bin ich aber nicht nur der einsamste DJ der Welt, und eben erst recht nicht während der übrigen 364 Tage im Jahr. Möglicherweise geht der Weihnachtsmann ja auch noch ganz anderen Dingen nach, nur ist das vielen vielleicht nicht bekannt. Anderen vielleicht aber doch.

Ich mache das ganze Jahr lang Radio, zeitweilig bis zu vier Shows pro Woche. Aber für diese Sendungen muss man sich entweder für Literatur, Fußball oder Musik interessieren. Bei der Weihnachtssendung ist das anders. Weihnachten packt irgendwie alle – ob sie es nun gut finden oder auch nicht.

Dass ich mal gerne eine Literatur-, Fußball- oder Musiksendung moderieren würde, das war mir schon ziemlich früh klar. Eigentlich schon, als ich als Kind mit dem Radiogerät unter der Bettdecke lag und alles an Sendungen gehört habe, was das kleine Kofferradio hergegeben hat. Aber wenn man mich damals gefragt hätte, ob ich mal der Weihnachtsmann vom Radio werden wolle, hätte ich wahrscheinlich »Nein« gesagt. Als ich dann aber gefragt wurde, habe ich ohne lange nachzudenken »Ja« gesagt.

Verdonnert zur Einsamkeit

Es muss im Spätherbst 1998 gewesen sein. Ich saß in einem dieser WDR-Büroräume, die damals noch bis auf den letzten Zentimeter mit CDs vollgestellt waren, und hackte in den Computer ein Interviewmanuskript ein.

Vielleicht das zu meinem Besuch beim Rapper Ice Cube in Los Angeles, der mich beinahe verprügelt hätte, nachdem ich ihn wieder und wieder gefragt hatte, warum er so großen Wert darauf legt, dass er von der »Westside« stammt und die »Eastside« das Allerletzte sei. Als die Stimmung im Raum immer ungemütlicher wurde und ich jeden Moment damit rechnete, dass Ice Cube mir einen seiner zehn Hamburger um die Ohren knallen würde, die vor ihm auf dem Tisch lagen, erklärte ich schnell, dass auch ich in einem Land lebe, das in Ost und West geteilt gewesen sei. Und dass ich als »Wessi« sozusagen eine Art »Brother« wäre. Aber das ist eine andere Geschichte.

Ich saß also in diesem Büro und arbeitete fleißig, während sich der Musikredakteur Stephan Laack mit dem damaligen Musikchef von 1Live, Jochen Rausch, im selben Raum darüber beriet, wie man denn die nächste Weihnachtssendung gestalten könnte. »Irgendeine Aufzeichnung«, meinte Laack. »Nein, eigentlich brauchen wir einen Idioten, der sich da allen Ernstes an Heiligabend hinsetzt und Platten spielt. Aber so einen Doofen muss man erst mal finden«, sagte Rausch. Laack wusste, dass ich mich gerade von meiner Freundin getrennt hatte und so ruhelos war, dass ich mich sogar beinahe von Ice Cube hatte vermöbeln lassen. Er zeigte auf mich und sagte: »Der könnte es machen!«

Damit war die Sache eigentlich auch schon geregelt. Nachdem ich mich bereit erklärt hatte, die Weihnachtsschicht zu übernehmen, wurde ich direkt zu Michael Gebhardt, dem damaligen Promoredakteur des Senders geschickt, der sich überlegen sollte, wie man die Sendung bewerben könnte. »Also, du machst diese DJ-Sendung mit elektronischer Musik. Aber wir können die Weihnachtsshow unmöglich so antrailern, dass die Leute denken, da läuft House oder Techno. Wir müssen das anders machen. Am besten sprichst du persönlich was für den Trailer ein. Da muss ein bisschen Personality rein! Verstehst du?« Im Studio stand ich vor dem Mikrofon, als wäre es das allererste Mal. Irgendwie verklemmt, irgendwie unbeholfen.

»Nenn mal gute Gründe, warum dir die Leute an Heiligabend zuhören sollen. Mach's ruhig stimmungsvoll. So weihnachtsmäßig, du weißt schon!«, sagte der Promoredakteur. Mit geschlossenen Augen begann ich zu sprechen: »Hallo, ich bin's! Mike! Ich bin an Heiligabend im Studio und spiele für euch Musik. Meine Freundin hat gerade mit mir Schluss gemacht und ich fänd's toll, wenn ihr mir zuhören würdet.« Es klang ehrlich gesagt eher blöd als sentimental, aber dem Promoredakteur gefiel es anscheinend ganz gut. Ein paar Tage später war der Trailer fertig, und als ich ihn hörte, musste ich beinahe weinen. Zuerst lief sanft gezupft Gitarrenmusik, der Anfang von »Stille Nacht«, dann kam eine weibliche, gefühlvolle Stimme, die sagte: »Der einsamste DJ der Welt legt für euch Platten auf. Er ist ganz alleine im Studio.« Dann kam mein Einsatz auf dem melancholischen Geklimper und man konnte auch noch Sterne funkeln hören: »Hallo, ich bin's! Mike! Ich bin an Heiligabend im Studio und spiele für euch Musik. Meine Freundin hat gerade mit mir Schluss gemacht und ich fänd's toll, wenn ihr mir zuhören würdet.« Dann wieder die Frauenstimme: »Hört ihm zu und schreibt ihm! Dann ist er nicht ganz so alleine!« Es war herzergreifend! Und es klang verdammt noch mal wirklich weihnachtlich. Ich wusste nicht, was andere Menschen fühlen würden, wenn sie das zu hören bekämen. Ich stellte mir vor, wie der kleine Oliver Twist in der alten Schwarz-Weiß-Verfilmung im Kinderheim mit seinem Tellerchen um einen weiteren Löffel Suppe bittet. Aber anstatt zu sagen: »Ich möchte noch Suppe!«, sagte er in meinem Kopfkino: »Ich bin's! Mike! Hört mir zu!«

In den nächsten Tagen hörten etliche Leute im Sender dieses Promo, bevor es gesendet wurde, und den meisten kamen die Tränen. Uli Krapp, damals ebenfalls Promoredakteur, übernahm die Produktion der Trailer und hatte weitere Ideen für den einsamsten DJ der Welt.

»Also, pass auf«, sagte er und nahm mich in den Arm. »Das ist schon super. Aber das ist es noch nicht! Da muss noch mehr Personality rein! Wir nehmen noch ein paar Sachen auf. Zum Beispiel, warum du Weihnachten nicht zu Hause bei deiner Familie bist. Und wie es kommt, dass du überhaupt an Weihnachten Zeit hast. Und vielleicht noch, was du eigentlich machen könntest, anstatt Weihnachten bei uns im Studio zu hocken. Komm, das nehmen wir jetzt auf!«

Ich stand wie bei der letzten Aufnahme wieder wie ein totaler Anfänger vor dem Mikrofon und erzählte alles, was mir so einfiel: »Meine Freundin hat sich von mir getrennt. Eigentlich wollte ich mit Freunden in die Berge fahren, aber für mich war kein Zimmer mehr frei. Zu meiner Oma kann ich nicht, weil es der gesundheitlich gerade nicht so gut geht. Und die Leute von 1Live haben mich gefragt, ob ich die Weihnachtssendung mache. Und da habe ich halt gesagt: okay! Das mach ich. Ich hab ja eh nichts Besseres vor.«

Uli Krapp nickte anerkennend. »Gut«, sagte er. »Sauber! Das ist authentisch! Da kriegen wir anständige Promos draus gebaut.«

Er baute in den nächsten Tagen einen Trailer nach dem anderen. Aus jedem Satz wurde eine kleine Geschichte, immer eingebettet in Sternenglitzer, bergdörflichem Saitengezupfe, Geigen kamen auch noch dazu, viel Hall natürlich, und die Frauenstimme, die mich an- und absagte, legte sich noch mehr ins Zeug, um der ganzen Welt, wirklich der ganzen Welt, klarzumachen, dass kein DJ so einsam ist wie ich und dass man mir wenigstens zuhören, im besten Fall aber auch noch schreiben müsse.

Am Morgen des 1. Dezembers wurde der erste Trailer gesendet. Mittags bekam ich schon Einladungen von Bekannten, ob ich nicht vielleicht doch lieber bei ihnen Weihnachten feiern wolle. Ein Plätzchen sei ja immer frei. Am nächsten Tag hatte ich schon Post von wildfremden Menschen, die sich bereit erklärten, mit mir Tisch, Essen und vielleicht noch mehr zu teilen. Auch Angebote, mich im Studio zu besuchen, trafen ein. Aber das war ja erst der Anfang und bis Weihnachten waren es noch drei Wochen, in denen die unterschiedlichen Trailer mehrmals täglich liefen. Noch bevor die erste Sendung über den Äther ging, begrüßten mich sowohl Kollegen als auch fremde Menschen als »einsamster DJ der Welt«.

Der Weihnachtsmann ist kein DJ

Und das bin ich nun. Jahr für Jahr. Der einsamste DJ der Welt. Ich habe mich daran gewöhnt, dass ich spätestens am 1. Advent von der Aura dieser Figur umgeben bin. Fast so, als wäre ich der Weihnachtsmann. Wenn ihr allerdings jemals den Weihnachtsmann auf der Straße trefft, dann erkennt ihr ihn auch sofort. Das ist bei mir dann doch anders. Ich habe zum Beispiel einen Termin bei meiner Bank und meine Kundenberaterin teilt mir mit, dass zufällig gerade ein Versicherungsvertreter in der Filiale ist, der mir gerne ein paar interessante Produkte vorstellen würde, mit denen meine Altersversorgung ein solides Fundament bekommen soll. Also, solide wäre es, wenn ich dann darauf wetten dürfte, mit welchem Satz der Versicherungsvertreter wohl das Gespräch eröffnen wird. Dann wäre ich nämlich bald ein reicher Mann und könnte mir die ganzen Versicherungen sparen. Der Versicherungsvertreter erscheint, wir werden uns kurz vorgestellt und dann sagt er den Satz: »Jetzt sehe ich endlich auch mal das Gesicht zur Stimme!« Hätte ich vorher wetten dürfen, dann wäre das der Jackpot, dann müsste sich das ganze Geld, dass sich in den Safes und Ablagen befindet, wie ein gewaltiger Tsunami über mich ergießen. Aber das passiert nicht. In der nächsten Stunde höre ich, wie Lebensversicherungen allgemein und Lebensversicherungen mit Kapitalbildung funktionieren. Natürlich höre ich aufmerksam zu, auch wenn ich nicht abschließen werde. Das bin ich ihm schuldig. Denn der Mann hat ja anscheinend auch mir seine Aufmerksamkeit geschenkt. Wenigstens einmal im Jahr an Heiligabend. Weil diese eine Sendung im Jahr die ist – unter all den anderen Sendungen, die ich sonst noch mache –, die den meisten Menschen in Erinnerung bleibt. Den einsamsten DJ der Welt, den kennt man. Weil er ein schönes Lied gespielt hat, als man gerade auf dem Heimweg von der fürchterlichsten Weihnachtsfeier des Jahrzehnts war. Vielleicht war es auch das letzte Fest mit Opa, der bald sterben wird. Oder es war ein gemütlicher Abend, an dem das Fernsehgerät mal ausgeschaltet geblieben ist und alle Anwesenden viel mehr als sonst miteinander geredet haben. Dieser einsame Typ im Radio wurde dabei zwar weniger wichtig, aber immerhin: Er war dabei. Der einsamste DJ der Welt ist an jedem 24. Dezember in seinem Studio. Das ist sicherer als der Schnee, der nicht immer pünktlich zum Weihnachtsfest fällt, oder die Gänse, die nicht immer so gelungen aus dem Backofen kommen, wie man sich das eigentlich erhofft hatte. Aber macht er das tatsächlich noch die nächsten zwanzig Jahre? Vielleicht wird darüber mal in diesem oder jenem Haus oder später, weit nach Mitternacht, in der Kneipe, wenn man sich mit Freunden trifft, kurz diskutiert. Jemand wirft eventuell in die Runde, dass der einsamste DJ der Welt ja seit vielen Jahren auch noch andere Sendungen moderiert. Aber das zählt an diesem Abend nicht. Das ist nicht von Interesse. An Heiligabend zählt nur dieser Typ mit dem speziellen Schicksal, der einsamste DJ der Welt zu sein. Ich würde gerne wissen, wie sich diese Menschen dann vorstellen, wie ich aussehe. Ich bin mir sicher, da entstehen Bilder in den Köpfen, die etwas Gemütliches haben. Ich im roten Nicki-Schlafanzug vielleicht. In eine Wolldecke gehüllt vor dem Mikrofon, mit zwei Plattenspielern und Tellern voller Kekse auf dem Tisch, an dem ich sitze. Und da steht noch ein Drucker neben mir, der pausenlos die Post ausspuckt, die mir viele Menschen immer und ohne Unterbrechung an diesem Abend ins Studio schicken. Ja, so könnte es sein. Aber macht jemand so seinen Job? Schließlich ist es ja ein Job, und zwar der, den ich – wenn auch nur einmal im Jahr – am längsten mache im Vergleich zu allen anderen Jobs, die ich schon gemacht habe. Einmal bin ich in all den Jahren zu spät gekommen, aber ich habe nie gefehlt. Ich war immer da. Und wäre ich zwischendurch nicht ein paarmal umgezogen, dann hätte sich vielleicht ein völlig einheitliches Bild vom Ablauf eines 24. Dezembers in meinem Kopf eingestanzt, sodass ich bei all der Routine, die dazu gehört, überhaupt nicht unterscheiden könnte, wie welches Weihnachten in diesem oder jenem Jahr war. Aber so ist es ja nicht.

Jedes Weihnachten ist komplett anders und gleichzeitig wieder dasselbe. Und aus der Post, die ich manchmal von Hörern bekomme, lese ich heraus, dass es vielen anderen Menschen genauso geht. Wenn dann da steht: »Weihnachten war für mich schon als Kind Weihnachten, wenn wir mit der Familie den einsamsten DJ der Welt gehört haben!«, dann wird mir schlagartig klar, dass da anscheinend schon Generationen mit dieser Weihnachtssendung aufgewachsen sind, und komme mir älter vor als der Weihnachtsmann. Wenn ich aber genauer darüber nachdenke, wie dieses oder jenes Weihnachten war, fallen mir zu jedem Jahr viele Geschichten ein, aber natürlich auch viele Geschichten, die sich ereignet haben in der Zeit zwischen den einzelnen Weihnachtsfesten und in der Zeit, als es den einsamsten DJ der Welt noch gar nicht gegeben hat.

Wie ist das eigentlich beim Weihnachtsmann? Hat er nur den einen Job und sonst keinen? Ich vermute, er macht wirklich nichts anderes. Er ist der Weihnachtsmann und außerhalb der Saison steht er nie vor 12 oder 13 Uhr auf. Das ist bei mir nicht immer, aber meistens anders. Und mal angenommen, ich bin auch noch in den nächsten fünfzig Jahren der einsamste DJ der Welt, dann werde ich in den übrigen Wochen des Jahres sicherlich noch vielen anderen, spannenden Jobs nachgehen, so wie ich das bislang immer getan habe. Ohne all diese anderen Arbeiten hätte ich auch niemals der einsamste DJ der Welt werden können. Da bin ich mir sicher.

Wenn ihr also wirklich Interesse habt, den einsamsten DJ der Welt etwas näher kennenzulernen, dann lasst euch ein paar Geschichten von mir erzählen! Vielleicht erkennt ihr euch in der einen oder anderen davon sogar selbst wieder.

Denn der einsamste DJ der Welt ist ein hart arbeitender Mann, der nur an Heiligabend ganz allein in einem Studio sitzt und nur über ein Mikrofon und einen Drucker mit der Außenwelt verbunden ist. Ansonsten war und ist er meistens unter Menschen, um etwas für die Miete, das Essen und die Altersversorgung zu verdienen. Weil man vom Job als einsamer DJ eben nicht das ganze Jahr und ein Leben lang leben kann. Ich bin ja schließlich nicht der Weihnachtsmann.

Gottes Werk und Omas Frühstück

Die ersten Platten, mit denen ich anständig Geld verdient habe, waren aus Stein. Und die Arbeit machte Spaß, vor allem weil sie bezahlt wurde. Vorher gab's nur wenig oder eigentlich kein Geld, wenn ich arbeitete. Dabei habe ich ziemlich früh angefangen zu arbeiten. Als Zehnjähriger in einem Internat des Ordens der Benediktiner. »Ora et labora – bete und arbeite!«, danach leben die Benediktiner seit fast 1500 Jahren. In dem Internat galt das auch für die Schüler. Ich hatte mich freiwillig dafür entschieden, nach dem vierten Schuljahr auf dieses Internat zu gehen. Weil ich der Fleischerei entkommen wollte. In der Fleischerei war ich gelandet, nachdem meine Mutter mich irgendwann dort abgegeben hatte. Sie selbst war in einer Fleischerei aufgewachsen, aber sie musste es irgendwann so satt gehabt haben, dass sie sich in die weite Welt aufmachte. So landete sie in den USA, wo ich zur Welt kam. Auf den alten Fotos sehe ich, dass wir in Falls Church bei Washington D.C.

ein Leben führten, das wie Johnson & Johnson Babycreme gerochen haben muss. Die Sonne schien ständig, und wenn es mal kühler war, trug ich Wollmützen mit Hasenohren und wurde von den Nachbarjungen Larry und Lance im Kinderwagen durch die Gegend gefahren. Ich war zwar ein amerikanischer Staatsbürger, aber sobald ich laufen konnte, bekam ich bayerische Lederhosen und Trachtenjacken, um meine deutsche Herkunft zu unterstreichen. In diesem Dress reiste ich auch zusammen mit meiner Mutter nach Deutschland. Dort bat sie meine Oma und meine Tante, ein Weilchen auf mich aufzupassen. Niemand weiß bis heute, was passiert ist. Aber fest steht, meine Mutter tauchte nie wieder auf und ich blieb bei der Verwandtschaft. Morgens um 7 Uhr ging es in die Fleischerei zur Tante. Da bereitete meine Oma kiloweise Wurstsalat zum Verkauf vor. Sie hackte Massen von Gurken und Fleischwurst innerhalb kürzester Zeit klein und rührte diese mit anderen Zutaten in riesigen Schüsseln an. Zwischendurch schickte sie mich zum Bäcker, der in der Ladenstraße direkt neben der Fleischerei war. Ich holte da jeden Morgen dreißig Brötchen, die Oma wieder in einem Mordstempo verarbeitete. Sie schnitt die Brötchen auf, bestrich sie mit Butter und garnierte sie mit mehreren Lagen Schnittwurst, Wurstsalat oder Leberwurst. Die verpackte sie dann wie nach Bestellscheinen, die es aber nicht gab, in verschiedenen Kombinationen in Papiertüten. Die Tüten wurden nicht beschriftet. Aber sobald alle Brötchen verpackt waren, drückte sie mir ein paar davon in die Hand und sagte mir, wohin ich sie zu bringen hätte. Dann marschierte ich mehrmals die Ladenstraße entlang und gab in jedem Geschäft ein Tütchen mit den Worten »Guten Morgen! Ich soll schön von der Omi grüßen!« ab. Ich weiß bis heute nicht, ob das irgendein Deal war, den Oma mit den anderen Geschäften ausgehandelt hatte, oder ob das einfach eine ihrer typischen Aktionen war, die Leute mit etwas Essbarem zu versorgen. Lange nachdem es die Fleischerei schon nicht mehr gab, bin ich durch die halbe Stadt mit Paketen marschiert, die ich irgendwo bei mir zum Teil wildfremden Menschen abgab. Allerdings waren es später Kuchen, die meine Oma für Gott und die Welt backte. Sie ist immerhin 98 geworden und ich glaube, den letzten Kuchen habe ich ausgeliefert, als sie 94 war. Weder das Brötchen- noch das Kuchenaustragen haben mir großen Spaß gemacht. Im Gegenteil, ich hab's eigentlich nie gemocht. Da war so ein Widerstand in mir, diesen Leuten, die ich ja eigentlich nicht kannte, die Päckchen zu bringen und dabei freundlich die »lieben Grüße von der Omi« auszurichten. Die Empfänger freuten sich aber riesig und damit wurde es auch für mich erträglich, zu einer Uhrzeit in Kontakt mit Menschen zu treten, zu der ich eigentlich noch überhaupt keine Lust hatte, mit jemandem zu reden.

Nachdem ich alle Brötchentüten ausgeliefert hatte, kam der gemütliche Teil des frühen Morgens und zugleich der Zeitpunkt, an dem an Schlaf sowieso nicht mehr zu denken war. Jetzt gab's mein Frühstück mit frischen Brötchen und mit den Wurstsorten, die ich richtig gerne mochte. Oma hat mich nie gezwungen, irgendwas zu essen, was ich nicht mochte. Das rechne ich ihr hoch an, zumal sie selber ja alles in sich hineinstopfte, aus der Angst heraus, es könnte verderben. Zwei Weltkriege, doppelte Verlustangst. Ich bekam meine Lieblingswurst und dazu eine Tasse eisenharten Bohnenkaffee. Wenn ich heute an den Geschmack dieses frisch aufgebrühten, klassisch aufbereiteten Kaffees denke – also mit Wasser aus dem Kessel durch den Keramikfilter in eine Kanne aufgegossenen Kaffee –, frage ich mich, wie ein Kind so etwas trinken kann? Warum war meine Oma der Meinung, dass das das richtige Getränk für ein Schulkind ist? Das war was für Fernfahrer oder Leute, die im Atomkraftwerk Nachtdienst schieben. Definitiv aber nichts für Kinder. Welche physischen und psychischen Auswirkungen Omas Kaffee auf mich hatte, kann ich nicht beurteilen. Aber eins steht fest: Heute bin ich ein Instantkaffeetrinker. Ich ziehe jeden löslichen Kaffee, den ich moderat dosieren kann, allen frisch gerösteten oder im Pad dosierten Bohnenmischungen vor, während um mich herum die Menschen auf starkes Aroma und moderne Kaffeemaschinen schwören. Mit der Droge Kaffee war ich fertig, lange bevor ich die Grundschule hinter mir hatte.

Jeden Morgen trank ich also artig meinen Kaffee und kaute auf meinen Brötchen rum. In der Kombination war das auch ein absoluter Genuss. Und es war vor allem gemütlich, mit diesem intensiven Kaffeegeruch in der kargen Fleischereiküche zu sitzen, die dann für zehn, zwanzig Minuten weniger massiv nach frischer Wurst und rohem Fleisch roch. Es duftete nach Kaffee, frischen Brötchen und ein bisschen auch nach meiner Lieblingswurst. Also insgesamt wirklich nach Frühstück. Und, mein Gott, wer kann das schon sagen, dass er das als Kind jeden Morgen erleben durfte? Bei uns war es so, Tag für Tag, meine ganze Grundschulzeit hindurch. Ich habe mir nie Gedanken darüber gemacht, warum Oma, die ja schon längst in Rente war, das Programm tagtäglich durchgezogen hat. Einerseits fühlte sie sich einfach wohl in so einer Fleischerei. Die Fleischerei war ein Großteil ihres Lebens. Sie hatte eine Lehre als Fleischereifachverkäuferin gemacht und dabei ihrem Chef in einem Kölner Geschäft am Eigelstein ein paar Rippen in einem Spaßboxkampf gebrochen. Sie hatte selber eine Metzgerei geführt, sie liebte Fleischwaren. Aber eigentlich hätte sie den Ruhestand gemeinsam mit ihrem Mann Kalli, der nicht mein leiblicher Opa war, genießen sollen.

Kalli war ein Bergarbeiter aus Waltrop, in den sie sich ganz offensichtlich schwer verliebt hatte. Kalli hatte mehrere Kinder, eine Vorliebe für Hunde, großen Bierdurst, aber keine Frau. Oma zog seine Kinder auf, mit dem Bierdurst und der Hundeliebe arrangierte sie sich. Kalli ging mit seinem aktuellen Hund in die Kneipe, wo er sich nach einem halben Dutzend Pils in einen anderen Hund verguckte. Dann tauschte er seinen Hund gegen den eines anderen Hundebesitzers, der ähnlich wie Kalli disponiert war. Es gibt etliche Fotos von Kalli mit verschiedenen Hunden und meine Oma erzählte früher die passenden Geschichten dazu. Dabei war Kalli nicht auf spezielle Rassen fixiert. Nach einem Pudel kam ein Collie, nach dem Collie ein Schäferhund. Nach dem Schäferhund ein Cockerspaniel. Und irgendwann kam ich. Nachdem meine Mutter nicht wieder auftauchte, konzentrierte sich Kalli ganz auf mich. Er spielte für mich lustige Lieder auf der Mundharmonika, ich trommelte auf leeren Waschkartons dazu. Ich vermisste meine Mutter weniger, Kalli kam von den Hunden los. Gegen Abend ging er aber immer noch regelmäßig für ein Stündchen in die Kneipe. Oma machte mir in der Zeit ein Abendbrot – mit Bohnenkaffee, stark verdünnt mit Milch. Dann schickte sie mich los, um Kalli aus der Kneipe zu holen. Bevor ich bei den beiden lebte, konnte Kalli wohl so lange in der Kneipe bleiben, wie er wollte. Aus der Zeit stammte das Kreuz, das er neben das Klingelschild auf den Aluminiumrahmen am Hauseingang geritzt hatte. Wenn er schon nicht mehr richtig lesen konnte, wollte er wenigstens über die Kreuzmarkierung den richtigen Klingelknopf treffen. Aber seit meiner Ankunft hatte meine Oma ausufernde Kneipenbesuche strikt verboten. Wenn ich in die Kneipe kam, um Kalli abzuholen, erzählte er meistens gerade eine Geschichte oder trug blödsinnige Gedichte vor. Es war die Art von Reimen, die in einem verqualmten Raum mit angeheitertem Publikum gut ankommen. Meistens handelten die Gedichte von der außergewöhnlichen Qualität des Bieres. Ich musste Kalli nie überreden, mit nach Hause zu kommen. Er stürzte den Rest aus seinem Glas herunter, legte Geld auf den Tresen und verabschiedete sich mit den Worten: »So, Leute, ich muss zu meinem Bomber!« Lachen, Applaus! Jeden Abend. Dann gingen wir nach Hause. Zur wuchtigen Oma, die mindestens doppelt so viel auf die Waage brachte wie der spindeldürre Kalli und ich zusammen.

Irgendwann ging es Kalli nicht mehr gut, er kam ins Krankenhaus. Ungefähr zur selben Zeit zog ich zu meiner Tante und deren Tochter. Meine Tante wurde mir zur Mutter, meine Cousine Petra zur Schwester. Petra *ist* meine Schwester – ich könnte mir keine bessere vorstellen.

Kalli starb am frühen Morgen eines Nikolaustages. Als ich an dem Morgen in den Kindergarten ging, hatte ich schon erfahren, dass Kalli nicht mehr zurückkommen würde. Ich hatte ihn seit Wochen nicht mehr gesehen, weil er, der ohnehin schon extrem dünne Typ, kolossal abgemagert war und man mir diesen Anblick im Krankenhaus nicht zumuten wollte. Ich verstand irgendwie, dass Kalli nicht mehr da war, dass er tot war. Aber so richtig wusste ich nicht, was das bedeutete. Dann saß ich im Kindergarten. Das war der Tag, an dem offiziell die Adventszeit eingeläutet wurde. Auf jedem Tischchen stand eine Kerze mit ein paar Tannenzweigen, es gab für jedes Kind eine kleine Orange und einen Schokonikolaus. Das Licht wurde ausgeschaltet, damit das Kerzenlicht zur Geltung kam. Eine Kindergärtnerin las die Geschichte vom Nikolaus vor und anschließend sang sie mit ihren Kolleginnen das Lied »Es ist für uns eine Zeit angekommen«. Ich blickte in die Kerze vor mir auf dem Tisch, ich wollte weinen, aber ich konnte nicht. Ich dachte, dass Kalli ein cooler Typ gewesen war. Ich musste jetzt auch cool sein.

Der Winter, der Frühling, die Zeit, bis ich in die Schule kam, vergingen rasend schnell. Natürlich kam meine Oma mit zur Einschulung und meine gold-silberne Schultüte hatte einen Stich von Lila wie der in Omas Perücke. Ab sofort sahen meine Tage so aus: Morgens die Frühstückssessions in der Fleischereiküche, mittags machte ich mit meiner Tante die Hausaufgaben während ihrer Pause. Am Nachmittag spielte ich auf dem Hinterhof der Fleischerei, gegen Abend besuchte ich wieder die Oma. Spätestens um 20 Uhr fiel ich müde ins Bett.

So ging das vier Grundschuljahre lang, von denen das erste fast katastrophal endete, weil ich mich geweigert hatte, lesen und schreiben zu lernen. Ich bekam mit, was im Unterricht gelehrt wurde, aber ich übte mich nicht darin. Neben ein paar Namen wie *Ina*, *Susi* und *Martin* gehörten die »Hauptwörter« *Hund*, *Wurst*, *Senf* und *Brötchen* zu den ersten Wörtern, die gelehrt wurden. Logischerweise mussten da noch die »Tu-Wörter« *essen* und *isst* ins Spiel kommen.

Daraus ergaben sich dann Satzbauten wie »Ina isst Wurst mit Senf« oder »Ina isst Wurst mit Brötchen«, komplexer dann »Susi isst Würstchen mit Senf und Brötchen« oder »Martin und Susi und der Hund essen Wurst«. Die jeweiligen Sätze waren im »Lesebuch« auch noch mit Illustrationen dargestellt. Daher sah ich auch keine Notwendigkeit, Sätze zu lesen. Ich musste ja nur die Bilder interpretieren und das war nun wirklich nicht schwer. Wenn ich also aufgefordert wurde, etwas vorzulesen, schaute ich einfach auf die Bilder und sagte dann: »Ina isst Wurst mit Brötchen«. Als die Lehrerin mich ermahnte, genauer zu lesen, was da eigentlich stand, wurde ich unsicher. Ich nahm einen neuen Anlauf und sagte mit einem Fragezeichen am Ende des Satzes: »Ina isst Brötchen mit Wurst und Senf?« Die Lehrerin schaute mich ungläubig an und fragte, wie ich denn darauf gekommen sei. Der Satz beginne doch mit einem »S«, dementsprechend gehe es hier um Susi, und wenn ich die Buchstaben mal in der richtigen Reihenfolge lesen würde, könne ich unmöglich zu dem Ergebnis kommen, dass da außer Wurst und Senf auch noch von einem Brötchen die Rede sei. Da stimmte ich natürlich zu, denn ich hatte ja auch nur ein Mädchen, eine Wurst und eine Portion Senf gesehen. Ja, verdammt noch mal, ich hatte Susi und Ina durcheinandergebracht.

In den Monaten zuvor war mir so ein Fehler nie unterlaufen, da war das Personal und das, was es tat, ja auch noch übersichtlicher gewesen. Aber warum sollte ich denn lesen lernen, wenn die 68er-Pädagogen alles so wunderbar anschaulich aufbereitet hatten? Mit den komplexeren Sätzen flog meine Technik auf. Aber auch nur beim Lesen! Bei den Schreibübungen in meinem Brause-Schönschreibheft zeigte ich keine Auffälligkeiten, weil ich alles perfekt nachmalte – ohne genau zu wissen, was ich da eigentlich zu Papier brachte. Ich war ein guter Kopist.

Nach den Tests, die mich endgültig als Blender entlarvten, kriegte man mich relativ schnell wieder auf die Spur. Ich fand wieder Anschluss an den Rest der Klasse. Sobald ich das Lesen – wenn auch verspätet – erlernt hatte, wurde eine Obsession daraus. Ich wurde jüngstes Mitglied der örtlichen Stadtbücherei und gewann fast jeden Lesewettbewerb. Es gab immer wieder Kritik an meinem »S« – das ist ja bis heute so –, aber ich konnte mich meist durchsetzen. Wie ein Irrer las ich alles, was nach Buch aussah. Und ich schrieb die längsten Aufsätze von allen. Im Rechnen kam ich auch gut voran, weil ich bei den Aufgaben im Mathematiklehrbuch die gemalten Äpfel und Birnen locker unterscheiden konnte. Nach vier Jahren mit Äpfeln, Birnen, Bratwürsten und Brötchen bekam ich die Empfehlung fürs Gymnasium.

Auf dem Gymnasium würde ich damit rechnen müssen, von meinen neuen Mitschülern Spitznamen wie »Steaky« oder »Leberwurst« verpasst zu bekommen. Davor grauste mir. Das Gymnasium war außerdem entfernt in der Stadt Dorsten und nur mit dem Bus zu erreichen. Die Metzgerei stand in der Einkaufsstraße einer kleinen Stadt, die es so heute nicht mehr gibt und die damals gerade erst aufgebaut worden war. Eine Utopie euphorischer Architekten und Städteplaner in den 60er-Jahren. Einfach so in ein Naturschutzgebiet am nördlichen Rande des Ruhrgebiets hineingebaut, weil man dachte, dass der Steinkohlebergbau noch weit in Richtung Norden und Münster vorangetrieben und reichlich Geld und Arbeitsplätze bringen würde. Die Arbeiter sollten es gut haben und in einer »Stadt ohne Kamine« leben. Hochhäuser in autofreien Zonen, die mit Elektroheizungen gewärmt wurden. Das war der Plan. Anfang der 70er-Jahre jedoch war der Kohletraum schon verglüht und diese »Neue Stadt« wurde in die angrenzende alte Stadt Dorsten eingemeindet. Die Dorstener Stadtverwaltung investierte nicht mehr in die innovativen Lebensformen und Utopien, sie nutzte die leerstehenden Wohnungen in den Hochhäusern als Wohnraum für sozialschwache Familien und für Soldaten, die sich gerade in der Nähe zu Kampfübungen aufhielten. In den Wäldern vor der Stadt befand sich eine Nato-Station, von der niemand genau wusste, welche Raketen dort gelagert wurden und wohin sie von dort aus in die Welt geschossen werden konnten. Barkenberg wurde ein kosmopolitischer Ort, der allerdings zunehmend ganz eigene Gesetze hatte. Die Soldaten brauchten Ablenkung an den Wochenenden, die Arbeitslosen hatten viel Zeit, gleichzeitig bevölkerten noch etliche Visionäre der 68er-Generation die Reihenhaussiedlungen rund um die Wohnkasernen. Und das alles nur rund 30 Kilometer von der holländischen Grenze entfernt. Jetzt ist wieder alles anders. Die Nato-Station gibt's nicht mehr, die Hochhäuser sind um etliche Etagen abgetragen worden. Damals war die »Neue Stadt« aufregend, aber für mich mit der Tante und der Oma, die den ganzen Tag lang arbeiteten, ein Ort voller Ablenkungen und Versuchungen, an dem ich mich nur schwer auf die Schule konzentrieren konnte. Anders als alle meine Schulfreunde war Dieter. Er wohnte mit seiner Mutter in der Wohnung neben meiner Oma, war aber tatsächlich nur alle 14 Tage übers Wochenende dort. Dazwischen lebte er in einem Internat im Oldenburger Land. Er erzählte von dem tollen Leben dort, wirkte schwer geerdet und ich wollte diesen Ort unbedingt auch mal selbst kennenlernen.

Wir besichtigten also Dieters Internat und ich war sofort begeistert und bat meine Tante, mich dort anzumelden. Das Kloster lag mitten im Grünen, es hatte ein Schwimmbad, zwei Sportplätze und angeblich gab es noch ein altes Auto im Wald, mit dem man ohne Führerschein auf dem Privatgrund der Benediktiner herumfahren konnte. Der Alltag war anders und entsprach mehr dem Regelwerk des Ordensgründers: »Ora et labora – bete und arbeite!« Auch hier begannen die Tage in aller Herrgottsfrühe. Ein Pater klopfte im Rhythmus festlicher Kirchenglocken an die Türen der Gemeinschaftszimmer und dann hatten wir fünfzehn Minuten Zeit, um frisch geduscht zum ersten Gebet zu erscheinen. Anschließend gab es ein karges Frühstück, hinterher Schule, mittags ein Essen, das mit einem Gebet anfing und endete. Bis zur Mittagszeit hatte ich also schon reichlich gebetet, aber noch nicht gearbeitet. Die Arbeit sollte aber nicht zu kurz kommen. Eigentlich sollte jeder Internatsschüler nur einmal pro Woche nach dem Mittagessen eine Stunde lang einen sinnvollen Job zum Wohle des gesamten Klosters machen. Aber alle Regeln – auch die von Ordensgründer Benedikt – kennen Ausnahmen. Im Internat »St. Benedikt« war es so, dass es für Verstöße gegen die Hausordnung Extra-Arbeitszeiten gab. Ich kann auf die Bibel schwören, dass sich niemals ein Pater oder Erzieher an mir vergangen hat. Ebenso lege ich allerdings meine Hand dafür ins Feuer, dass ich unter der pädagogischen Aufsicht der Benediktinermönche bald mehr arbeitete als betete. Mal hatte ich meine Schuhe nicht anständig geputzt, ein anderes Mal meinen Schrank nicht aufgeräumt oder heimlich geraucht. Ich sammelte also eifrig Arbeitszeiten, kurz »AZ« genannt. (Die Abkürzung AZ verfolgt mich übrigens mein Leben lang: Früher waren es die Arbeitszeiten im Internat, die AZ genannt wurden. Heute sind es Aufzeichnungen beim Radio.)

Mein AZ-Konto wuchs und wuchs. Ich entschied mich, das Beste draus zu machen. Ich redete mir ein, dass ich durch die vielen Tätigkeiten eine Art Orientierung bekam und vielleicht dabei den Job oder die Neigung entdecken würde, mit der ich später vielleicht einmal meinen Lebenserwerb bestreiten könnte. Aber die meisten AZs, das wurde mir schnell klar, kamen für mich als spätere Arbeit nicht infrage. Etwa die Arbeiten im Klosterwald – fürchterlich ermüdend und man hatte anschließend derart klebrige, verharzte Finger, dass man weder Bücher lesen noch Schallplatten auflegen konnte. Auch für die Gärtnerei konnte ich keine Leidenschaft entwickeln, obwohl ich lange Zeit die Rhododendronsträucher an der Zufahrt zum Kloster pflegte. Letztendlich bin ich ja in den Medien gelandet. Aber manchmal frage ich mich, warum aus mir kein Wettermoderator geworden ist. Immerhin habe ich ja als Dauer-AZ jahrelang die Wetterstation unserer Abtei beaufsichtigt. Dabei habe ich mit Messbechern den Regen gesammelt, um anschließend die Kleinstmengen von Wasser in ein kariertes Schulheft per Hand einzutragen. Meine Aufzeichnungen für das »Wetterbuch St. Benedikt« waren nicht immer ganz genau. Manchmal musste ich Fünfe gerade sein lassen. Dementsprechend bin ich heute immer skeptisch, wenn Wissenschaftler vom Klimawandel sprechen.

Jedenfalls habe ich während meiner Zeit im Kloster alle

möglichen Arbeiten, von geistig bis körperlich, verrichtet, aber keine davon führte zu einer echten Berufung. Mönch kam für mich definitiv auch nicht in Frage. Aber einige Freizeitaktivitäten in der Internatszeit waren doch richtungsweisend für mich und meinen späteren Werdegang. Vor allem mein Auftritt als sogenannter »August Bumms«.

Während ich im Internat lebte, lernte, betete und arbeitete, gab es zwischen Westeuropa und der ehemaligen Sowjetunion noch den »Eisernen Vorhang«, Deutschland war geteilt in Ost und West. Eine Frau, die aus dem kommunistischen Osten in den Westen geflohen war, fand hinter unseren Klostermauern eine neue Heimat. Sie war schon über sechzig und ihre Chancen auf dem westdeutschen Arbeitsmarkt waren dürftig. Die Benediktiner boten ihr die Möglichkeit (wohl auch unentgeltlich), sich in der Jugendbetreuung der Internatsschüler nützlich zu machen. So gab es unter ihrer Aufsicht immerhin die erste und einzige Karnevalsfeier, die ich in meiner insgesamt sechsjährigen Internatszeit erlebt habe. Diese Feier (heute würde man sagen: »Event«) hatte ein klares Konzept. Alle Schüler im Alter zwischen zehn und dreizehn marschierten zwei Stunden lang durch das gesamte Gebäude (Ausnahme: Kirche). Angeführt wurde dieser Umzug von zwei Galionsfiguren namens »Karl Tröt« (der blies nonstop in ein Rohr, eine Art Vuvuzeela, wie bei der Fußballweltmeisterschaft 2010 in Südafrika bekannt geworden) und eben »August Bumms« (ich, mit zwei Stöcken auf eine schnarrende Trommel einschlagend). Musikalisch war das eine unentspannte Angelegenheit. Sich ständig wiederholende Rhythmen von Karl und August. Zwar hypnotisierend, aber nicht fröhlich. Techno im weitesten, zu diesem Zeitpunkt visionären Sinne.

Damals bei diesem sonderbaren Event spürte ich zum ersten Mal die Macht von einfachen Beats und Sounds. Beim ununterbrochenen Rühren der Trommel fiel ich in eine Art Trance, die mich vergessen ließ, wie lächerlich ich in dem «Bumms«-Kostüm und mit rot geschminkten Backen aussah. Ich trommelte und trommelte und war bemüht, den Rhythmus zu halten, damit sich alle Paradenteilnehmer schön im Takt bewegen konnten. Im Grunde genommen war das meine erste – überhaupt nicht digitale, sondern im ursprünglichsten Sinne analoge – Übung, als archaischer DJ Menschen in Bewegung zu halten. Vielleicht wäre ich später niemals House-DJ geworden, wenn ich nicht hier im Kloster die Magie des Grooves gespürt hätte, die einen alles um sich herum ausblenden lässt. Dieses Trommeln war mir neu.

Rave on

Als DJ im Sinne des klassischen Plattenauflegers hatte ich schon einige Erfahrungen gesammelt im sogenannten »Gemeinschaftsraum« des Internats. In diesem Raum standen neben riesigen Bücherregalen auch ein Plattenspieler und ein Radiogerät. Das war die dritte Alternative in der Freizeit neben dem »Werkraum«, in dem gebastelt wurde, und den Sportplätzen, auf denen meist Fußball gespielt wurde. Der Gemeinschaftsraum war der Treffpunkt für alle belesenen und musikalischen Typen im Internat. Ich hatte zwar auch meine exzessiven Sport- und Bastelphasen (in einer Adventszeit habe ich einmal zwanzig Holzschalen geschnitzt und zwanzig Pferdekopfporträts mit dem Lötkolben auf Holztafeln eingebrannt), aber der Gemeinschaftsraum war ohne Frage mein Lieblingsort. Einmal pro Woche hörten wir in einer kleinen Gruppe eine Sendung im Radio, die von meinem heutigen Heimatsender ausgestrahlt wurde. »Diskothek im WDR« mit dem US-amerikanischen DJ Mal Sondock. Sondock spielte die aktuellen Hits und neue Songs, die vielleicht noch welche werden würden. Bei diesen ›Neuvorstellungen‹ fragte Sondock sein Livepublikum in irgendwelchen nordrhein-westfälischen Jugendheimen, aus denen übertragen wurde, oder per Telefon zugeschaltete Hörer, wie sie die einzelnen Songs einschätzten. Wir saßen mindestens zweihundertfünfzig Kilometer von den Schauplätzen der Show entfernt, stimmten aber mit Sondock im Chor seinen Standardspruch an: »Hit oder Niete?«, wobei Sondock eher so was wie »Niede« nuschelte, er hatte halt diesen ausgeprägten Ami-Akzent. Manchmal versuchten wir auch seine ritualisierten Witze mitzusprechen. Wenn zum Beispiel jemand ein Autogramm von ihm haben wollte, dann sagte er: »Okay, ikk schikkä diär eins. Dann hääng es aber bidde an dee Kellertüüar, damit de Raddten niik reingäähn!« Vieles wiederholte sich bei Sondock, so wie heute in meiner Weihnachtsshow, aber wir hörten immer wieder zu. Und wenn nicht Sondock im Radio lief, spielten wir uns unsere Schallplatten vor. Keiner von uns hatte mehr als zwei oder drei. Schallplatten waren ziemlich teuer und jedem war klar, dass die alte Kreissäge im Internat mit der abgewetzten Nadel definitiv nicht dienlich war, um aus einem Album oder einer Single irgendwann in ferner Zukunft einmal ein Sammlerstück zu machen. Aber immerhin, wenn alle ihre Platten auf einen

Haufen legten, konnte man schon ein paar Stunden lang Musik vom Turntable hören.

Hier legte ich also zum ersten Mal in einer Art Club vor mehreren Leuten auf. Wenn ich dann eine Platte nach der anderen im bizarren Stilmix abspielte, kam meistens keine besondere Stimmung auf. Ich spielte einfach der Reihe nach die Lieblingslieder meiner Mitschüler ab. Erst kam »Daddy Cool« von Boney M. für einen Typen, den wir »Kacki« nannten, dann wollte »Florist« den Song »Bicycle« von Queen hören und anschließend gab's für »Panzer« »Das Lied der Schlümpfe« von Vader Abraham oder »Tarzan ist wieder da« von Willem. Cool war das nicht. Schwung kam in die Disco, als ein Junge namens Samir ins Internat kam. Er war Fan von Shakin' Stevens, dem britischen Elvis-Epigonen, der in den 70er-Jahren eine Rock-'n'-Roll-Renaissance in Europa auslöste. Shakin' Stevens wurde von seinen Fans einfach nur »Shaky« genannt und hatte einen Hit nach dem anderen. In der Bravo gab es Shaky-Poster und ganze Berichte über Shakys Spezialschuhe. Shaky hatte sich irgendwelche Stahlplatten in die Sohlen einbauen lassen, damit er besser auf den Zehenspitzen stehen und Elvis-mäßig tanzen konnte. Samir war von Shaky besessen und besaß jede einzelne Single seines Idols. Manchmal saß ich nachmittags alleine im Gemeinschaftsraum, um zu lesen, und plötzlich tauchte Samir mit seiner Plattensammlung auf.

»Kannst du für mich die Platten auflegen?«, fragte er mich. »Ich will tanzen üben.« Ich tat Samir gerne den Gefallen und er gab alles, um zu zeigen, dass er die Shaky-Moves von A bis Z draufhatte. Nachdem sich rumgesprochen hatte, dass Samir regelmäßig im Gemeinschaftsraum übte und ich dabei die Platten für ihn abspielte, kamen immer mehr Internatsschüler zu den Sessions. Samir tanzte immer besser, ich wurde immer schneller im Plattenwechseln. Zu lange Pausen zwischen den einzelnen Stücken machten schließlich den Spannungsbogen kaputt, ich war herausgefordert, schnelle Übergänge zu machen, und enttäuschte Samir nicht. Anfangs lachten noch einige über Samir, der sich wie ein Derwisch drehte, herumsprang und natürlich immer wieder auf den Zehenspitzen – ganz Shaky – auf der Stelle wippte. Aber bald schon versuchten andere mitzutanzen, wobei sie natürlich nie die Klasse von Samir erreichten. Eines Nachmittags, es war kurz vor 16 Uhr und alle Schüler mussten in ihre Zimmer zum Hausaufgabenmachen, stoppte ich »This Ole House« von Shakin' Stevens abrupt und brutal und machte eine Moderation: »Achtung, Leute! Morgen Abend um 19.30 Uhr ist hier der große Shaky-Abend! Wir suchen den Shaky des Internats. Es gibt einen Tanzwettbewerb und derjenige, der am besten so tanzt wie Shakin' Stevens, ist der Gewinner!« Alle guckten mich ungläubig an und vergaßen dabei zu fragen, was man außer der Ehre und dem Ruhm eigentlich noch gewinnen konnte. Bevor irgendwer nachhakte, setzte ich noch mal an: »Aber das ist noch nicht alles. Benotet wird nicht nur der Tanz! Mit in die Wertung kommt noch das Aussehen! Teilnehmen kann auch nur, wer wenigstens ein bisschen so aussieht wie Shaky!« Natürlich war völlig klar, dass nur Samir diese Competition gewinnen konnte, aber ausgerechnet er machte sich die größten Sorgen. Nach dem Abendessen kam er zu mir: »Scheiße, wie soll ich denn morgen den Shaky-Tanz gewinnen? Ich meine, die Tanzschritte hab ich ja drauf, aber vom Aussehen her?« Okay, Samir sah jetzt nicht direkt wie der Zwillingsbruder von Shakin' Stevens aus, aber er war ein südländischer Typ und von der Statur und von der Kopfform her kam er näher an Elvis Presley heran, als es dem blassen Briten Shakin' Stevens je möglich gewesen wäre. Und nicht zu vergessen: Shakin' Stevens war ja eigentlich nichts anderes als ein Elvis-Imitator. Genau genommen hätte sich Shakin' Stevens eigentlich mal mit unserem Samir in einem Elvis-Wettbewerb messen müssen, wobei er dann nämlich ganz schön alt ausgesehen hätte. »Mensch, Samir, wo ist das Problem? Du hast doch schon gewonnen, du bist der beste Shaky weit und breit!«, sagte ich. »Ja, aber guck dir mal meine Frisur an«, jammerte er. »Da ist keine Form drin. An den Seiten viel zu lang. Hochgekämmt krieg ich die auch nicht richtig!«

Ich bot Samir an, ihn in der Angelegenheit zu unterstützen: »Ich schneid dir die Haare, ich kann das! Und dann kämme ich dir das noch anständig hoch!« Ich nahm Samir in den Arm und ging mit ihm in den Werkraum. Auf dem Weg stibitzte ich noch eine Packung Margarine aus der Speisekammer. Mit einer Bastelschere schnitt ich ihm eine Art Fassonschnitt. Samir befühlte erregt seine Schläfen und war begeistert, er konnte die Windschnittigkeit in den Fingerspitzen spüren. »So, Samir«, sagte ich. »Ach Quatsch, ich nenn dich ab heute nur noch Shaky! Jetzt kommt das Wichtigste, aber dafür gehen wir besser ans Waschbecken.« Ich nahm eine anständige Handvoll von der guten Pflanzenmargarine und massierte sie ihm ins Haar. Dann kämmte ich ihm die Strähnen zurück. Die Tolle saß perfekt und glänzte astrein. »So, Shaky, jetzt sieh dich an!« A star was born. Samir schaute mit funkelnden Augen auf das Wesen ihm gegenüber im Spiegel. War das Samir? War das Shaky? Oder war das The King persönlich? Samir rang um Worte und mit den Tränen. Wer auch immer da zu sehen war – das war ein Rock-'n'-Roll-Hero und nicht mehr Samir!

So sollte es auch bleiben! Natürlich gewann er den Wettbewerb am nächsten Abend souverän und keiner konnte auch nur annähernd gegen ihn anstinken. Kacki trat zwar auch mit einer leicht hochgepitschten Tolle an, aber er hatte ein Mondgesicht und war in seiner gesamten Erscheinung kein Vergleich zu Samir. In den nächsten Wochen vergrößerte Samir diesen Abstand zwischen sich und allen anderen noch einmal gewaltig. Die Pflanzenmargarine im Haar bekam mit der Zeit eine ganz eigene Duftnote. Und die Schüler, die mit ihm das Zimmer teilten, mussten denken, er sei kein gewöhnlicher Mensch, wenn er im Bett lag. Rund um seinen Kopf hatte sich auf dem Kissen ein glitzernder Kranz gebildet, der wie ein Heiligenschein strahlte. Als Musikjournalist und Radiomoderator habe ich später viele Stars getroffen. Eminem, Björk, Smashing Pumpkins, Underworld, Oasis, Ice Cube, Benny von Abba, Tom Jones, Suede, Blur und was weiß ich noch wen – aber der größte Star von allen war unser Shaky. Auf dem Höhepunkt seiner Karriere war er absolut outstanding und voll auf dem Boden zugleich. Wenn wir uns jetzt alle paar Jahre mal schreiben, weil wir uns in irgendwelchen sozialen Netzwerken begegnen, dann nenne ich ihn auch wieder Samir. Aber in meiner Erinnerung ist er für immer der einzig wahre Shaky!

Weitergehen

Ich war AZ-Rekordhalter, ich war immer gut beschäftigt. Alle vierzehn Tage reisten alle Schüler nach Hause zu ihren Familien, an den Wochenenden dazwischen blieben wir im Kloster. Dann konnten wir sonntagnachmittags wählen zwischen einer Wanderung mit dem Abt oder Fußballspielen in der Halle. Fußballspielen machte mehr Spaß, aber die Wanderungen waren manchmal schneller zu Ende. Andererseits konnte man nach drei Kurzwanderungen damit rechnen, dass die nächste definitiv ein echter Gewaltmarsch werden würde. An einem Fußballsonntag war ich in der Verlierermannschaft. Das stand schon vor dem Anpfiff fest, weil im anderen Team Heinzi mitspielte. Heinzi war der beste Fußballspieler, den ich kannte. Wenn er den Ball hatte, zog er an allen anderen vorbei und machte ein Tor nach dem anderen. Heinzis Mannschaften verloren nie, Heinzi verlor nie. Wir waren gerade wieder dabei, uns eine typische Heinziklatsche zu holen, als er plötzlich zur Holzbank humpelte und meinte, dass sein Bein fürchterlich schmerzen würde. Er saß da und rieb sich ununterbrochen das Schienbein, er kam auch nicht wieder ins Spiel. Meine Mannschaft verlor trotzdem. Wir lagen ja schon deutlich im Rückstand.

Am nächsten Tag kam Heinzi ins Krankenhaus. Eine Woche später war sein Bein wegamputiert, ein paar Monate lang sprang er noch mit Krücken durch die Gänge. Er hatte mittlerweile eine Glatze, er sah völlig anders und mindestens zehn Jahre älter aus, aber er lachte trotzdem viel und ließ sich nicht unterkriegen. Er verschwand aber immer häufiger zu Chemotherapien und irgendwann waren Heinzis Bett und Schreibpult abgeräumt. Ich denke bis heute an jedem meiner Geburtstage an Heinzi und zähle die Jahre, die ich in der Zwischenzeit erlebt habe, Heinzi aber nicht.

Während seiner letzten Wochen im Internat brachte Heinzi mir noch etwas bei. Ich hatte mir bei einem Fahrradunfall ein Bein gebrochen und war ebenfalls auf Krücken angewiesen. Heinzi war auf Krücken inzwischen schneller als alle anderen zu Fuß. Heinzi nahm vier bis fünf Treppenstufen aufwärts auf einmal. Abwärts sprang er manchmal alle Absätze am Stück herunter. In langen Gängen flog er regelrecht an einem vorbei. Ich schaute mir möglichst viel von Heinzis Technik ab, aber so schnell wie Heinzi wurde ich nie.

Nach meinem Unfall ging ich auch nie wieder zum Sonntagsfußball. Da mein Bein durch den komplizierten Bruch langfristig stark lädiert blieb, konnte ich sowieso nicht mehr Fußball spielen und von den Wanderungen wurde ich auch freigestellt. Ich konnte mir die Sonntage frei einteilen und fing mit dem Trampen an. Die Gegend, in der das Internat lag, ist so ländlich, dass man ohne ein Fortbewegungsmittel ziemlich aufgeschmissen ist. Bis ins nächste Dorf war es schon ein anständiger Fußmarsch, und wenn man Schulfreunde aus den umliegenden Dörfern besuchen wollte, brauchte man ein Fahrrad. Aber Radfahren war mir auch nicht gestattet. Also humpelte ich für Sonntagsausflüge zur Straße und streckte den Daumen raus. Ich kam immer gut weg und bald schon trampte ich die langen Strecken zu meiner Familie nach Hause. Dadurch konnte ich mir das Geld für die Zugfahrkarten in die eigene Tasche stecken. Sehr schnell war ich ein mit allen Wassern gewaschener Tramperkönig. Für lange Distanzen, wie zu meinem Heimatort, schlug ich mich zunächst zur nächsten Autobahnraststätte durch. Da sprach ich dann Autofahrer direkt an, ob sie mich mitnehmen könnten. Insgesamt kam ich per Autostopp schneller nach Hause als mit der Bahn. Manchmal entschied ich mich aber auch ganz bewusst für die Zugfahrt und das hatte einen guten Grund. Ich wollte an Musikzeitschriften kommen, die man im Dorfkiosk überhaupt nicht kaufen konnte. Die gab's in Bahnhofsbuchhandlungen. Ich nahm mir vor, später irgendwann einmal Popstar oder Musikjournalist zu werden. So ein Musikjournalist wie der Typ namens Wolfgang Welt, der die merkwürdigsten und besten Stories schrieb. Die Bands, über die er berichtete, interessierten mich eigentlich nicht. Aber seine Art zu schreiben war außergewöhnlich - ganz anders als die anderer Journalisten. Irgendwann erschienen plötzlich keine Geschichten mehr von Wolfgang Welt. Ich hätte gerne gewusst, warum nicht und was er nun machte. War er in den Redaktionen vielleicht in Ungnade gefallen, weil er sich zu sehr über einige Musiker lustig gemacht hatte? Ich musste lange warten, bis ich Antworten auf meine Fragen bekam.

Wahre Arbeit, wahrer Lohn

Ich ging eigentlich davon aus, dass ich bis zum Abitur im Internat bleiben würde. Dabei fühlte ich mich, je älter ich wurde, weniger wohl im Haus von St. Benedikt. Nachdem ich ein Mädchen im Klostergarten geküsst hatte, verblasste mein Image als lustiger »August Bumms«. Ich war ein dunkler Charakter geworden, der mehr denn je für das Wohl des Klosters arbeitete und trotzdem nicht mehr so recht dorthin passte. Ich musste aber keine Entscheidung treffen. Plötzlich hieß es, der Internatsbetrieb würde stark eingeschränkt werden, nur einige von uns könnten unter besonderen Bedingungen dort das Abitur machen. So bekam ich Gelegenheit zu einem Neustart in einer Klosterschule des Ordens der heiligen St. Ursula in meiner Heimatstadt. Die Schule gefiel mir gut, aber mir fehlten die Beschäftigungsmaßnahmen der Benediktiner. Nach der jahrelangen Arbeit tat mir die viele Freizeit nicht gut. Außerdem hatte ich im Internat nie viel Geld benötigt. Außerhalb der schützenden Klostermauern war das anders. Kino kostete Geld, Schallplatten, Partys, alles kostete. Ich brauchte wenigstens in den Ferien einen Job. Ein neuer Schulfreund namens Saz hatte einen Vater, der eine Steinfabrik besaß. Die Steinfabrik war ein Terrazzowerk, in dem quadratische Zementblöcke so geschliffen werden, dass sie hinterher glänzen. Saz fragte, ob ich Lust hätte, während der Sommerferien dort mit ihm zu arbeiten. Das wollte ich sehr gerne, aber das Werk stand in einem weiter entfernten Ort, den ich zum frühen Schichtbeginn um sechs Uhr morgens nicht mit dem Bus oder dem Fahrrad erreichen konnte. Saz bot mir an, während dieser Zeit bei ihm und seiner Familie zu wohnen.

Die Terrazzoplatten waren so gefragt, dass dort im Akkord gearbeitet wurde. Ich schliff pro Tag so viele Platten wie nur möglich und wurde dafür weit über dem normalen Stundenlohn, eben nach Menge bezahlt.

Wenn man mit Platten arbeitet, ganz gleich ob mit Stein- oder mit Schallplatten, hat das immer irgendwie was Stupides und Blödsinniges. Gleichzeitig hat man dabei die größten Glücksgefühle, die man sich vorstellen kann. Ich glaube, das liegt daran, dass sich junge Männer auf Platten, die sie mit beiden Händen halten können, wunderbar und einzigartig konzentrieren können. Platten liegen einfach gut – wie man so sagt – in der Hand. Und wenn eine Platte langweilig wird, nimmt man die nächste. Das macht der DJ im Club so, das habe ich schon so in der Steinfabrik getan. Ich legte entweder stundenlang eine ungeschliffene Terrazzoplatte nach der anderen auf das Förderband der Maschine. Oder ich stand am Ende des Förderbands, wo die geschliffenen Platten aus der Maschine kamen und nun auf Europaletten gestapelt werden mussten. Insgesamt war das der beste Plattenjob, den ich je hatte. Und nicht viel anders als Plattenauflegen im Club. Ich machte die Arbeit intuitiv. Gleichzeitig stellten diese Steinplatten aber auch noch eine körperliche Herausforderung dar. Die Dinger sind verdammt schwer, und sie im Akkord aufzulegen oder zu stapeln, erfordert schon Kraft. Und davon bekam ich mehr und mehr, je länger ich mit den Platten arbeitete. Und noch besser! Ich kriegte einen richtig athletischen Body. Im Grunde genommen war ein Tag in der Steinfabrik acht Stunden bezahltes Trainieren. Und Glückshormone wurden durch die körperliche Ertüchtigung anscheinend auch noch ausgeschüttet. Ich war glücklich, mein Kopf voller Melodien. Das war keine Fabrikarbeit, das war eigentlich der bestmögliche Zustand von allen. Keine Sorgen, klare Aufgaben. Ich hätte mich diesem Steinplattenfeeling für immer hingeben können. Ich nahm gerne Überstunden an, dachte sogar über zusätzliche Nacht- oder Wochenendschichten nach. Ich wäre zum Autisten geworden, in dem Sinne, wie man das ja auch DJs häufig nachsagt, dass sie sich in ihrer Plattenbegeisterung verlieren und die Welt um sich herum vergessen. Aber in der Fabrik waren ja noch Saz und die anderen Kollegen, mit denen man in Teams zusammenarbeitete. Zum Beispiel das Heavy-Metal-Team: zwei Typen, die während der Schicht den bösesten Metal über Walkman hörten und unglaubliche Akkordergebnisse zu leisten imstande waren. Dabei muss ich kurz erklären, wie die Arbeitsteilung in so einem Team aussah. Der erste Mann legte vorne die Platten aufs Förderband, der andere stapelte am anderen Ende die geschliffenen Platten. Der dritte Mann war dafür zuständig, immer für Ordnung zu sorgen und Paletten zu wuchten. Die ungeschliffenen Platten wurden auf Paletten von einem Gabelstapler vor der Maschine angeliefert. Waren die Platten alle in der Maschine verschwunden, musste der dritte Mann die leere Palette beiseiteschaffen und auf einen Stapel mit weiteren leeren Paletten hieven. Dann ging er ans Ende der Maschine, wo die frischgeschliffenen Steinplatten bereits in Türmen ebenfalls auf Paletten gestapelt worden waren. Die holte der Gabelstapler ab, wenn sie voll waren, und dann mussten hier natürlich neue leere Paletten ausgelegt werden, um die nächsten Türme stapeln zu können. Die drei Leute im Team wechselten sich stündlich an den einzelnen Positionen ab. Manchmal fragte ich mich nach dem Sinn dieser Positionswechsel. Ich kam zu dem Ergebnis, dass das nur den Zweck haben konnte, unsere verschiedenen Muskelgruppen alternierend zu beanspruchen und somit unsere Bodies gleichmäßiger zu shapen. Die Metaller unter den Steinplattenschleifern waren jedenfalls zwei außergewöhnliche Tiere, wenn's um die Arbeit ging. Je härter die Umstände, je schneller die Taktung der Maschine, desto wohler schienen sie sich zu fühlen. Die Fabrik hatte ein Wellblechdach und ich schätze, dass im Sommer mindestens vierzig Grad in der Halle herrschten. In anderen Industrien hätten die Arbeiter vielleicht eine Entschleunigung des Förderbandes verlangt. Aber die Metal-Akkordler wollten Geschwindigkeit. Geschwindigkeit bedeutete mehr Geld, Geschwindigkeit hatte auch die Musik aus ihren Kopfhörern. In meinem Kopf wummerten während der Arbeit meistens nur gemächliche Dub-Reggae-Bässe und ich machte meine Arbeiten mit konzentrierten Bewegungen. Die beiden schienen allerdings jede Kraftanstrengung zu zelebrieren und zu verstärken. Der eine warf die Platten hektisch und schwungvoll aufs Band. Der andere stapelte die schweren Steinplatten erst, nachdem er sie noch einmal hoch in die Luft gestemmt hatte. Dasselbe galt für die Paletten. Der eine sah aus wie der Terminator, der andere erinnert mich heute an die berühmte Wrestling-Ikone »Undertaker«. Ich versuchte zwischen den beiden eine möglichst sportliche und unauffällige Leistung zu erbringen. Geredet wurde in diesem Team nie viel. In der Mittagspause warfen die beiden manchmal einen Grill auf dem Fabrikhof an und brieten darauf Würstchen. Die wurden in rekordverdächtiger, akkordähnlicher Zeit mit drei Flaschen Pils runtergespült. Nach dieser Powermahlzeit war ich meist erst mal etwas wackelig auf den Beinen, aber dafür entschädigte später nach dem Duschen ein Blick in den Spiegel. Ich hatte nicht geschuftet, ich hatte meinen Body geworkt!

So oft es möglich war, versuchte ich mit Saz in einer Maschinenmannschaft zu arbeiten, aber meistens wurden wir unterschiedlichen Teams zugeordnet. Aber da ich ja während der Arbeitswochen im Haus seiner Eltern wohnen durfte, konnten wir täglich gemeinsam frühstücken und uns dann zusammen auf den Weg zum Job machen. Saz verstand die Fabrik auch als Möglichkeit, Muskelmasse aufzubauen und den Körper zu formen. Nachmittags nach der Arbeit ging er manchmal sogar noch ins Fitnessstudio, um seiner Erscheinung für den Tag den letzten Feinschliff zu geben. Ich war froh, wenn ich noch ein bisschen Musik auf dem Walkman hören konnte, bevor das Work-out am nächsten Tag weiterging.

Die Tage im Heavy-Metal-Team waren mir am liebsten, weil sie finanziell die ertragreichsten waren. Manchmal arbeitete ich auch mit zwei Türken zusammen, die sehr lustig waren, aber an deren Maschine ständig etwas kaputtging. Wenn dann ein Mechaniker versuchte, das Förderband wieder zum Laufen zu bringen, nachdem sich Schraubenschlüssel oder quergestellte Steinplatten irgendwo verhakt hatten, bedeutete das für mich: viel Freizeit, wenig Geld. Die dritte Gruppe, mit der ich häufig zu tun hatte, bestand aus Ludger und Klaus. Ludger war 35, sah aber aus wie 60. Klaus war 60, sah aber aus und bewegte sich wie 95. Ludger hatte extrem starke Akne im Gesicht, Klaus war eine graue Clownsfigur, also der Haarkranz um seine Glatze herum wucherte wild in alle Richtungen. Mit den beiden ließen sich gute Akkorde erarbeiten. Ludger sagte oft, für ihn käme niemals eine andere Arbeit als Akkordarbeit infrage. Er fuhr außerdem einen Honda Accord. Bar bezahlt! »Das kannst du auch nur bringen, wenn der Akkord stimmt«, meinte er. Klaus war so lange dabei und derartig gelassen, dass er das genaue Gegenteil von den Heavy-Metal-Brüdern war. Während die alle Arbeitsschritte in Hochgeschwindigkeit absolvierten, machte Klaus alles sozusagen nebenbei. Er hob eine Palette so auf, als handele es sich dabei um eine Kunststoffbox. Ungeschliffene Platten – das machte Ludger übrigens auch – legte er mit der rechten Hand in die Maschine ein, während er mit der linken ein Butterbot aß. Routine, wie gesagt: lange dabei. Für Klaus war ich ein absoluter Beginner, ein Rookie, und vor allem ein Lehrling. Egal, was ich machte, irgendwann tauchte er neben mir auf – sogar, wenn er eigentlich gerade die Maschine mit neuen Platten füttern musste – und stieß mich an: »Warum machst du das denn so?«, fragte er und machte noch einmal nach, wie ich die letzte fertig geschliffene Platte gestapelt hatte. Dann legte er sie noch einmal mit einer speziellen Handbewegung hin und sagte: »Mach das doch so!« Ich sah zwar in der Summe keinen Unterschied zwischen seiner und meiner Stapelweise, aber ich wollte höflich sein und das Alter respektieren und antwortete: »Ja, sicher, Klaus! Du hast vollkommen recht. Ich sollte es eher so wie du machen!« Klaus trottete in kurzen Trippelschritten zurück zu seinem Arbeitsplatz. Den Kopf und Oberkörper dabei zum Boden gebeugt, zappelte er mit den Fingern und murmelte irgendwas vor sich hin. Es war zu laut, um zu verstehen, was er da brabbelte. Aber ich denke, es war nichts Böses. Er war in solchen Momenten einfach wie weggetreten. Eigentlich machte er die ganze Zeit so einen Eindruck, außer wenn er wieder zu mir kam, um mir einen weiteren Verbesserungsvorschlag zu machen. Egal, was ich tat, seine Lektionen ließen nie lange auf sich warten.

Wenn ich mit einem Edding einen Packzettel ausfüllte, bevor eine Palette mit fertig geschliffenen Platten verladen werden sollte, kam Klaus, riss den Zettel wieder runter und mir den Filzstift aus der Hand. Dann schrieb er noch mal den ganzen Sermon – bestehend aus einer Registrierungsnummer für die Art der Platten, meiner Personalnummer und dem Datum plus Uhrzeit – auf den Zettel und zeigte auf meinen inzwischen zerknüllten, zu Boden gepfefferten Packzettel: »Warum hast du das eben so gemacht?« Dann zeigte er auf seinen Zettel und meinte: »Mach das doch so!« Sein Kopf war dabei wieder leicht nach vorn geneigt und die Augen funkelten irre. Pro Schicht mit Klaus und Ludger hatte ich um die zwanzig »Mach das doch so«-Momente. Mal hielt ich eine Zange falsch, dann bürstete ich verschmutzte Platten nicht so ab, wie er das machen würde. Und so weiter. Ein paar Mal war ich drauf und dran, frech zu werden und die Hochachtung vor dem Alter zu vergessen, aber dann dachte ich mir: Warum sollte ich es so machen? Ich wackelte dann auch leicht verschroben mit dem Kopf und sagte: »Danke, Klaus! Ich sollte es echt anders machen. Entschuldige bitte, dass ich so saudrecksdumm bin. Bitte zeige es mir noch einmal, damit nichts mehr schiefgehen kann.« Es wurde mit der Zeit absurd, weil sich der Dialog ständig wiederholte. Am schrägsten war es aber immer dann, wenn sich die Packzettelbelehrung ständig wiederholte. Ich legte den rechteckigen Zettel mittig auf den Stapel, füllte ihn aus. Klaus kam, ersetzte meinen Zettel durch einen neuen, positionierte ihn ein paar Zentimeter weiter rechts und beschriftete ihn noch einmal. Wir benutzten beide Blockschrift. Bei dem dürftigen Inhalt des Textes war die Gefahr dementsprechend sehr gering, dass ich im Vergleich zu seinem Zettel irgendetwas falsch gemacht haben könnte. Es ging Klaus ganz offensichtlich um die Platzierung der Zettel, die er in den letzten Jahrzehnten bevorzugt hatte. Weiß der Teufel, was hinter der Clownsfrisur vor sich ging, jedenfalls liebte er eine gewisse Ordnung. Ich habe diesen Job drei Sommer lang in den Ferien gemacht. Zweimal für vier Wochen, im letzten Sommer sogar für mehrere Monate. Für Klaus hatte ich in der gesamten Zeit nie ausgelernt, er verstand nie, warum ich bestimmte Dinge so machte und nicht anders, nämlich so wie er.

Nach den ersten vier Wochen gingen Saz und ich gemeinsam in die Buchhaltung und holten uns unser Geld ab. Es war schon in Umschlägen verpackt und meiner war schwer und prall. Ich traute mich gar nicht hineinzuschauen, ich wollte gar nicht wissen, wie viel Geld da drinsteckte, aber ich wusste, so viel Geld hatte ich noch nie in den Händen gehalten. Im Internat gab's nur Anerkennung und ein »Vergelte es Gott«, ansonsten hatte ich nur kleine Jobs wie Autowaschen oder Wurstaustragen gemacht, wofür es immer gerade so viel gab, dass man damit am Kiosk Wassereis und ein, zwei John-Sinclair-Romane oder eine Musikzeitschrift bezahlen konnte. Aber die Platten im Terrazzowerk hatten mich für meine Verhältnisse reich gemacht.

»Club Tropicana« und zurück zu den Steinen

Ich wollte gerade darüber nachdenken, was ich mir jetzt alles kaufen könnte, als Saz meinte: »Wenn du Bock hast, noch mehr zu arbeiten, könnten wir gleich den nächsten Job machen.« Ja, mein Gott, ich hatte immer Bock zu arbeiten, aber für einen Moment befürchtete ich, dass er sagen würde, in der anderen Fabrik seines Vaters – da wurden Kokosbaumprodukte verarbeitet – wäre für die letzten zwei Wochen der Sommerferien auch noch was zu tun. Aber dann sagte er mit einem breiten Grinsen im Gesicht: »Wir können als Roadies nach Ibiza und Formentera fahren. Kohle gibt's keine, aber alles frei: Flüge, Übernachtungen, Essen, Trinken – alles für lau!« Die Eltern von Saz waren getrennt. Wir hatten bei seinem Vater gejobbt, gewohnt hatte ich im Haus seiner Mutter, wo er mit ihr, seiner Schwester und dem neuen Partner der Mutter lebte. Und dieser Mann, Pieter, war Musiker. Er war Leader einer Band, und die war von einem Reiseunternehmen gebucht worden, um in ein paar Ferienanlagen auf Ibiza und Formentera zu spielen. Pieter hatte vorgeschlagen, dass Saz und ich während der Tour einem professionellen Roadie beim Transport und Aufbau des Equipments zur Hand gehen sollten. Saz und seine Familie hatten mich so freundlich aufgenommen, dass es mir nach den vier Wochen bei ihnen sowieso leidgetan hätte, Abschied zu nehmen. Die Aussicht, mit ihnen gemeinsam auch noch einen Abenteuerurlaub zu verbringen – anders konnte man das ja wohl nicht bezeichnen –, war natürlich grandios. Ich hätte mir nichts Besseres vorstellen können. Bereits in vier Tagen würde die Tour starten, von mir aus hätten wir am nächsten Morgen ablegen können. Aber den nächsten Tag nutzten wir, um etwas von unserem hart erarbeiteten Geld auszugeben. Saz' Mutter betrieb eine Boutique und wollte am nächsten Morgen zum Textilgroßhandel nach Düsseldorf. Sie meinte, wir sollten uns dort ein paar anständige Klamotten für Ibiza kaufen, denn Ibiza sei schließlich ein Hotspot der Schönen und der Modebewussten.

Auf Formentera und Ibiza war ich im Alter von sechs Jahren zum ersten Mal gewesen, als die Inseln noch Treffpunkt der Hippies waren. Wer damals auf Formentera in einem der wenigen Hotels wohnte, war schon leicht snobistisch oder wenigstens Tauchsportler, der seine Ausrüstung irgendwo sicher unterbringen musste. Die Insel war voller Hippies, die am Strand Parties feierten und den ganzen Tag »Walk on the wild side« von Lou Reed hörten. Alle trugen lange Haare und an Kleidung so wenig wie möglich. Aber das war mehr als ein Jahrzehnt her. Jetzt hatten Wham erst kürzlich ihren Hit »Club Tropicana« veröffentlicht, dessen dazugehöriger Videoclip im Pike's Hotel auf Ibiza gedreht worden war. Saz und ich hatten die Chance, dahin zu fahren, wo das Leben am schönsten sein musste, wo immer die Sonne schien, wo die beste Musik lief und wo wir uns den ganzen Staub der Fabrik bestimmt innerhalb von Stunden wegschwitzen würden. Natürlich wollten wir zu diesem Anlass entsprechend gekleidet sein. Wir kauften uns jeder zwei Kilo T-Shirts und bekamen von Saz' Mutter weiße Baumwollshorts spendiert (wie die, die in frühen Wham-Videos zu sehen sind). Ich entschied mich außerdem für ein paar türkisfarbene Schlangenlederhalbschuhe.

Die Tage auf den Inseln waren der totale Kontrast zu den Wochen in der Fabrik. In den letzten Wochen hatte uns der Radiowecker um 5 Uhr mit irgendwelchen Schlagern geweckt – alle drei Tage lief »Der lachende Vagabund« von Fred Bertelmann. Auf Ibiza schepperte frühestens um 10 Uhr aus einem vorbeifahrenden Auto oder aus einer Bar »Wake Me Up Before You Go-Go«. Saz und ich bretterten stundenlang mit Mofas durch die Altstadt von Ibiza und über die Insel und der meistgespielte Track auf unserem Ghettoblaster, den einer von uns beiden im Korb vor dem Lenkrad arretiert hatte, war »Absolute« von Scritti Politti. Diese ganze Reise war so absolut 80ies, wie das in den Achtzigern überhaupt möglich war. Abends bauten wir das Equipment für Pieter und dessen Band auf, anschließend gingen wir ins Ku oder in kleinere Clubs. Saz und ich, wir hatten eine gute Zeit, die wir nicht mehr toppen konnten.

Im nächsten Jahr gingen wir wieder gemeinsam für vier Wochen in die Fabrik und beschlossen anschließend nach Andalusien zu reisen. Den Trip mussten wir allerdings nach einigen Tagen abbrechen. Saz hatte sich eine Entzündung eingefangen, ich war nicht so richtig in Schuss, weil ich mich kurz vorher heftig verliebt hatte. Im darauffolgenden Jahr gingen wir nur noch gemeinsam ein paar Wochen in die Fabrik. Wir hatten das Abi in der Tasche und Saz plante schon die nächsten Schritte: Bundeswehr, Studium.

Ich konnte nichts planen, weil es da ein paar Probleme gab. Ich bin seit meiner Geburt US-amerikanischer Staatsbürger und habe keinen deutschen Pass. Das bedeutete zwar, dass ich nicht zur Bundeswehr musste, aber auch nicht ohne Weiteres ein Studium in Deutschland aufnehmen konnte. Als Ausländer musste ich nachweisen, dass ich oder sonst jemand für meinen Unterhalt sorgen konnte. Meiner Tante ging es mittlerweile aber finanziell nicht gut und ich war auf BAföG angewiesen. Das Geld aus der Steinfabrik reichte für ein paar Wochen, aber nicht für mehrere Semester an der Uni in einer fremden Stadt. Ich nahm Kontakt zum BAföG-Amt auf und erfuhr von einer Mitarbeiterin, dass man das in meiner besonderen Situation vielleicht mit dem BAföG hinbekommen könnte, aber nicht innerhalb weniger Wochen. Eine kleine Perspektive hatte ich auf einen Job bei der lokalen Tageszeitung, für die ich während des letzten Schuljahres angefangen hatte zu schreiben. Aber von den kleinen Honoraren konnte ich weder leben noch ein Studium finanzieren. Ich überlegte ein ganzes Wochenende lang, was ich mit meinem Leben in den nächsten Monaten anstellen könnte. Vielleicht professioneller DJ werden? Mit dem Plattenauflegen auf Partys hatte ich auch schon ein paar Mark verdient, aber so gut fand ich das Nachtleben nicht, um darauf meine Existenz aufzubauen.

Ich wollte ein Journalist werden wie Wolfgang Welt. Es erschienen zwar keine Artikel mehr von ihm in den Musikzeitschriften, aber ich las immer noch gelegentlich die alten Stories von ihm. Ich nahm mir vor, Journalistik zu studieren oder Popstar (ich sang ja auch noch in einer Band) und irgendwann mal ein berühmter Schriftsteller zu werden. Ich habe am gleichen Tag Geburtstag wie Jean-Paul Sartre, da muss doch was in der Richtung gehen, dachte ich mir. Aber es ging jetzt erst einmal gar nichts. Ich musste zusehen, dass irgendwoher Geld kam und die Tage Struktur bekamen, jetzt, wo die Schule vorbei und kein Studium möglich war. Am Montag meldete ich mich beim Leiter der Steinfabrik und bat um Verlängerung. »Wie lange willst du denn arbeiten?«, fragte er mich. »Na ja, vielleicht für immer«, antwortete ich. »Junge, überleg dir das. Bisher bist du hier als Schüler gelaufen. Wenn wir dich richtig einstellen, musst du richtig Steuern zahlen und Sozialabgaben blechen. Da macht dir der Job nur noch halb so viel Spaß, weil du auch nur noch halb so viel verdienen wirst.« »Ist mir egal, ich finde die Arbeit klasse!« Ich fragte nach dem Job und ich bekam den Job. Ich fühlte mich nicht elendig, ich arrangierte mich einfach mit den Gegebenheiten. Ich war 19 und hatte bisher nie länger als zwei Wochen in die Zukunft gedacht.

Ich ging zur Arbeit, alles war wie immer. Klaus empfahl mir, Dinge nicht so, sondern so zu machen. Ein bisschen, das merkte ich sofort, fehlte aber der Thrill. Mit Saz hatte ich immer genau festgelegt, wann wir nach der Hälfte des Ferienjobs ein Bergfest feiern würden. Wir hatten die Wochenenden als Nahziele ins Visier genommen, an denen wir in die Disco gingen. Jetzt schien das Leben ein langer, gleichfließender und trüber Fluss zu werden, der vielleicht in ein Meer münden würde, das noch kontur- und haltloser sein würde. Mein Arbeitsvertrag war in Vorbereitung, ich hatte noch nicht unterschrieben, als am dritten Tag der Chefredakteur der Lokalzeitung bei uns zu Hause anrief. Ich könnte bei leistungsbezogener Honorierung in seiner Redaktion hospitieren, sagte er. Ich entschied mich umgehend für den Berufswechsel.

Der Scharfschütze und der Streichholzmann

Zu den 450 000 Geschichten, die ich in den nächsten Jahren für die Lokalzeitung verfasst habe, muss ich nichts sagen. Die sind garantiert in irgendeinem Archiv abgesichert, falls es jemanden interessiert. Obwohl in den Reportagen und Berichten oft nur die Hälfte steht. Begegnungen wie die mit dem Mann, der aus Streichhölzern den Kölner Dom und Schiffe der deutschen Marine nachbaute, wären es vielleicht wert, noch einmal neu erzählt zu werden. Oder die mit dem Sportschützen aus der ehemaligen DDR, mit dem ich sofort einen Italo-Western gedreht hätte, wenn ich Regisseur gewesen wäre. Dieser Typ hätte Clint Eastwood alt aussehen lassen. Tatsächlich habe ich inzwischen vergessen, wie er hieß. Sicherlich nicht Ringo, aber der Name hätte gepasst. Dann hatte ich natürlich noch etliche übliche Inside-Views in diverse Schützen-, Feuerwehr- und Züchtervereine. Als ich ein Jahr lang mit der Berichterstattung über alle Karnevalsvereine des gesamten Verbreitungsgebietes der Zeitung betraut war, habe ich das so gut gemacht, dass ich am Ende der Session von jedem Verein einen Orden bekommen habe. Vor allem meine Berichte von Herrensitzungen wurden geschätzt, in der ich stets die Hauptbüttenredner mit ihrem Eröffnungssatz zitierte: »Na, ihr scharfen Brüder, ich sehe schon, ihr seid gut drauf!« Zwei Jahre fand ich den Job als Lokalreporter sehr inspirierend, dann fingen die Termine an, sich zu wiederholen. Irgendwann musste mal wieder über den Sportschützen geschrieben und der aktuelle Stand seiner Pokalvitrine der interessierten Öffentlichkeit präsentiert werden, spätestens nach 18 Monaten war es auch mal wieder an der Zeit zu schauen, welches Weltwunder oder Wehrmachtskriegsschiff sich der Streichholzmann in der Zwischenzeit zur Lebensaufgabe gemacht hatte. Von dem vielen Geld, das ich mittlerweile verdiente, kaufte ich mir tonnenweise Schallplatten, lud Freunde zum Eis ein und schaffte mir mein erstes Auto an. Ein gelber VW Scirocco. Die stellvertretende Redaktionsleiterin überließ mir dieses Geschoss für 1000 DM. Der Wagen war viel zu schnell für mich, bedauerlicherweise aber auch sehr dünnblechig. Binnen weniger Wochen stufte mich die Versicherung als Risikofahrer ein. Die alte Autofahrerweisheit »Wenn's hinten kracht, gibt's vorne Geld« galt für mich nicht. Wenn es bei mir im Heck krachte, dann deshalb, weil ich unvorsichtig auf Vorfahrtsstraßen abbog. Wenn ich dann in letzter Sekunde erkannte, dass ich das Manöver abbrechen musste und am besten wieder zurücksetzte, vergaß ich mehrmals in den Rückspiegel zu schauen. Hinter mir war dann schon ein weiteres Fahrzeug aufgerückt und es schepperte. Kein Bargeld, das mir hinterhergeworfen worden wäre, stattdessen gab's diskussionslose Erhöhungen meiner Versicherungsbeiträge. Es war ein Fluch, der mich viele Jahre lang verfolgte. Bedauerlicherweise kamen auch Fahrzeuge zu Schaden, die ich mir nur geliehen hatte. Die Unglücksserie brach erst ab, nachdem ich mein Meisterstück abgeliefert hatte. Während der Fußball-WM 1990 saß ich bei meiner Freundin im Wohnzimmer und begutachtete mein Sammelalbum. Mir fehlten nur noch zehn Bilder. Ich bat sie, mir kurz ihr Auto zu leihen, damit ich schnell zum nächsten Kiosk fahren und noch einen Karton Bilderpäckchen kaufen konnte. Als ich das Haus verließ, war ich so elektrisiert, dass ich keine Zeit damit verschwenden wollte, die Pantoffeln gegen Schuhe zu wechseln. Es regnete in Strömen, die Romika-Puschen hatten absolut keinen Grip, schon auf dem Weg zum Auto rutschte ich mehrfach aus. Das Fahrzeug schien ich zunächst unter Kontrolle zu haben, aber an der nächsten Kreuzung musste ich abrupt abbremsen. Das Regenwasser im Profil unter dem grauen Filz wurde mir zum Verhängnis. Ich rutschte von den Pedalen ab und knallte mit voller Wucht in einen Opel Vectra, dessen pensionierter Fahrer mit einem Eisenfuß auf der Bremse stand. Für ihn konnte gar kein Zweifel daran bestehen: »Wenn's hinten kracht, gibt's vorne Geld!« Für mich gab's nur übelste Kritik. Vom Vectra-Fahrer, von den Polizisten, die zur Unfallaufnahme innerhalb von Sekunden zur Stelle waren. Wie man denn mit solchen Schuhen bei so einem Wetter überhaupt ins Auto steigen könnte, wollten sie wissen. Und ob ich was getrunken oder den letzten Schuss nicht gehört hätte? Ich hätte das ja alles plausibel erklären können: mein Sammelalbum, nur noch zehn fehlende Bilder und überhaupt. Ich entschuldigte mich aber einfach dafür, dass ich so saudrecksdumm gewesen war, und nahm mir mitten auf der Straßenkreuzung das Versprechen ab, während ich schon von oben bis unten durchnässt war und der Regen aus meinen Pantoffeln triefte, dass ich nie wieder in so eine Situation kommen wollte. Außerdem war ich es leid, am Tag nach einem meiner Unfälle in den Berichten der Polizeipressestelle von meinen eigenen verkehrstechnischen Unzulänglichkeiten zu lesen. Im schlimmsten Fall musste ich sie für die Zeitung in den Polizeimeldungen verarbeiten. Das war so ein leidiger Pflichtjob wie die Betreuung der Seite für die alteingesessenen Leser des Umlandes. Auf dieser Seite wurden alte Sprache und altes Brauchtum gepflegt. Leser konnten in Plattdeutsch verfasste Geschichten, Erinnerungen und Gedichte in der Redaktion einreichen, wir hackten sie dann in den Computer, damit sie gedruckt werden konnten. Ich verstand oft kein Wort von dem, was da geschrieben stand. Mein Kollege Arnulf schon ein bisschen mehr, weil er in einem der umliegenden Dörfer aufgewachsen war, in dem noch Plattdeutsch gesprochen wurde. Gemeinsam teilten wir die Begeisterung für Thomas Bernhard und battelten uns im freien Rezitieren der Anfangsseiten von Bernhards »Gehen«. Mit diesen plattdeutschen Texten konnten wir beide wenig anfangen, aber Arnulf hatte, wie gesagt, ein Gefühl für diese uralte münsterländische Mundart. Was die Leser dieser Brauchtumsseite betraf, die nahmen es sehr genau mit den Traditionen. Es gab sehr viele Leserbriefe und Reaktionen auf die Beiträge. Wenn ein Datum falsch war oder eine Formulierung ihrer Meinung nach nicht korrekt Plattdeutsch klang, meldeten sich Leser, die sich einen genaueren Umgang mit der schönen alten Sprache aus der Heimat ausbaten. Völliger Quatsch, in jedem Dorf wurde anderes Plattdeutsch gesprochen und ein Wörterbuch oder ein Standardwerk für perfekte Redewendungen gab es auch nicht. Arnulf und ich beschlossen, den Plattdeutschliebhabern aus allen Dörfern ein neues Wort zu schenken. Ab sofort bauten wir in jeden Artikel das selbstkreierte »awdröwenetrumm« ein, was eine Art »sei es drum« hätte bedeuten können. Wir schossen »awdröwenetrumm« allerdings nach dem Schrotflintenprinzip wahllos in die Texte, die uns angeliefert wurden. Wir warteten auf ein Veto, kritische Nachfragen oder sonst was. Es kamen überhaupt keine Reaktionen, die Leserschaft schien sich nicht eingestehen zu wollen, dass es dieses Wort nicht gab oder maß dem Lektorat der Zeitung so viel Sachkenntnis zu, dass »awdröwenetrumm« eine unverzichtbare Vokabel in einem guten plattdeutschen Text sein musste.

Awdröwenetrumm, so machte die Arbeit Spaß. Und besonders an einem Tag, an dem fast alle festangestellten Redakteure an schwerer Grippe erkrankt waren. »So, Litti, dann machen wir heute mal eine richtig gute Zeitung für morgen«, begrüßte mich der letzte gesunde Redakteur in der Redaktionskonferenz. »Eins steht fest, wir können heute nicht großartig Außentermine wahrnehmen. Wir machen das Blatt für morgen, mit dem Material, das wir noch in Reserve haben oder zugeliefert bekommen.« Ich versprach, mein Bestes zu geben, und empfahl ein paar Geschichten, die ich schon recherchiert hatte und die ich mir am nächsten Tag als Aufmacher vorstellen konnte. Am liebsten hätte ich ein Foto vom Streichholzmann auf der Titelseite gesehen mit der Überschrift: »Zwillingstürme bald auch in unserer Stadt«. Am Ende entschied natürlich der Redakteur, was am nächsten Tag der Aufmacher war. Er verfasste seine Story auf Grundlage der Pressemitteilung eines katholischen Frauenkegelvereins. Auf Seite eins lautete am nächsten Tag die Überschrift: »Erika K. warf die Acht ums Vordereck«.

Sicherlich hat Erika K. irgendwann auch alle Neune abgeräumt, möglicherweise hätte sogar ich darüber berichten dürfen, aber ich fand, dass es langsam Zeit wurde, mich um mein Studium zu kümmern. Ich nahm wieder Kontakt zu der Frau vom BAföG-Amt auf, ich bewarb mich um ein Journalistikstudium. Es gab eine gute und eine schlechte Nachricht. Studieren und auf BAföG hoffen durfte ich, da meine Mutter bei ihrer letzten Meldung auf einem bundesdeutschen Amt die deutsche Staatsangehörigkeit gehabt hatte und seitdem zwar als vermisst, aber nicht als tot galt. Die schlechte: Für das Studium musste ich trotz meiner praktischen Erfahrungen mit einer Wartezeit von mindestens zwei Jahren rechnen. Was macht man in so einer Situation? Logisch, man studiert erst einmal Geisteswissenschaften auf Magister oder Lehramt. Ich peilte beide Abschlüsse an. Die Kombination »Deutsch und Geschichte« hat ja auch irgendwie etwas mit Journalismus zu tun. Ich entschied mich für die schönste Uni auf der ganzen Welt: Ruhr-Uni Bochum. Ich hatte mich in Barkenberg durchgeschlagen, im Bochumer Betondschungel würde ich es auch schaffen. Ich besuchte alle Proseminare, fürs Lehramtsstudium machte ich mein erstes Praktikum in einer Grundschule. Die Lehrer sprachen wie die Schüler und umgekehrt. Ich wollte nicht mehr sechs Jahre alt sein, war ich doch auch schon längst nicht mehr. Warum sollte ich so sprechen? Das nächste Praktikum machte ich in einer Gesamtschule. Da ging es mir zu brutal zu. Heinzi und ich hatten im Internat im gleichen Alter medizinische Krücken als Funsportgeräte entdeckt und uns damit künstlerisch fortbewegt. In der Gesamtschule schlugen Schüler mit Krücken aufeinander ein und ich war verpflichtet, dazwischenzugehen und Autorität zu demonstrieren, aber das konnte ich nicht. Es lag mir einfach nicht.

Nach dem zweiten Praktikum pendelte ich orientierungslos zwischen Uniseminaren und der Lokalzeitung hin und her, für die ich jetzt nur noch an den Wochenenden schrieb. Ich fing an, vom nächsten Urlaub in den Semesterferien zu träumen. Aber Urlaub ohne Geld war unmöglich, ich brauchte wieder einen Job, mit dem richtig Geld in die Kasse kam.

Blue Boy

Aus der Ferne erkennt man das Restaurant, in dem ich ein paar Wochen arbeitete, an einem großen Schild mit einem riesigen blauen Schriftzug. Rein farbtechnisch dominiert in meiner Erinnerung jedoch die Farbe Rot. Denn ich durfte nicht sehr lange in diesem Restaurant arbeiten. Ich bekam die rote Karte. Und zwar auf Lebenszeit.

Das war zwei Monate nachdem eigentlich alles so hoffnungsvoll begonnen hatte, dass ich schon dachte, einen Arbeitsplatz fürs Leben gefunden zu haben. Ich wollte ja eigentlich wirklich nur einen Job für ein paar Wochen, um endlich in die Stadt meiner Träume reisen zu können: Barcelona. Ich wollte nach Barcelona, weil ich aus den Liedern von Marc Almond herausgehört hatte, dass es der letzte Platz in Europa sei, an dem ich wie eine Mischung aus Pirat und existenzialistischem Philosoph noch echte Abenteuer erleben könnte. Eine Hafenstadt voller verwinkelter, ganz enger Gassen musste das sein. Durch und durch gotisch, völlig unverändert seit Jahrhunderten, während der Rest der Welt sich komplett gewandelt und von Restaurants besiedelt worden war, wie das, in dem ich vor meiner Reise arbeitete. In Barcelona würde ich nur Oliven, Fisch und Brot essen und mir dazu köstliche Weine aus alten Fässern und Schläuchen schmecken lassen. Für ganz kleines Geld! Aber ich hatte ja gar kein Geld. Also brauchte ich einen Job und rief bei allen möglichen Fabriken und Firmen an, ob ich für die nächsten sechs bis acht Wochen eine Arbeit bekommen könnte. Immer wieder hörte ich, dass ich zu spät dran sei. Ich hätte mich ein paar Wochen früher bewerben sollen, nun sei nichts mehr zu machen. Das Fast-Food-Restaurant, das Herrn Kaatschii gehörte, erschien mir grundsätzlich als allerletzte Möglichkeit, da ich gehört hatte, dass die Bezahlung nicht besonders war. Aber irgendwann blieb nur noch diese Chance und ich rief dort an und wurde auch prompt von Herrn Kaatschii zum Vorstellungsgespräch eingeladen. Herr Kaatschii war Inder. Ein stattlicher Mann, schwergewichtig, volle schwarze, gescheitelte Haare, ein akkurat gepflegter Schnurrbart wie ein kleiner Besen. Ein Typ, wie ich ihn später auf Reisen in fremde, ferne Länder – vor allem aber in Thailand - immer wieder in Geschäften getroffen habe, in denen man sich Maßanzüge schneidern lassen kann. Herr Kaatschii trug einen massiven goldenen Ring am rechten Mittelfinger und an seiner Krawatte eine Anstecknadel, auf der das Logo seines Restaurants funkelte. »Wir wollen eines klarstellen, junger Mann«, sagte Herr Kaatschii. »Vielleicht arbeiten Sie jetzt erst mal nur sechs oder acht Wochen hier. Dann machen Sie einen schönen Urlaub und hinterher kommen Sie wieder. Ich bin interessiert an Mitarbeitern, die hier langfristig arbeiten. Das könnte etwas für Sie sein!« Damit hatte ich nun wirklich nicht gerechnet. Herr Kaatschii streckte mir seine gewaltige, fleischige Hand entgegen. Und bevor ich einschlagen konnte, zählte er mir noch die vielen Vorzüge auf, die eine Anstellung bei ihm in seinem Restaurant mit sich brachte. Ich könnte zweimal am Tag so viel essen, wie ich wollte. Die Arbeitskleidung würde jeden Tag frisch gewaschen. Und wenn ich erst mal lange genug dabei wäre, gäbe es sogar noch Urlaubsgeld. Der Stundenlohn an sich war etwas mager, aber dafür wurde ja auch allerhand geboten. Und wenn ich Lust hätte - dabei zwinkerte mir Herr Kaatschii gönnerisch und freundlich zu -, dann könnten wir noch umgehend einen Vertrag machen, sodass die Arbeit schon gleich morgen losgehen würde. Ich stand mit dem Rücken zur Wand, brauchte Arbeit, brauchte Geld und hatte Hunger. »Herr Kaatschii, ich bin einverstanden«, sagte ich und Herr Kaatschii zog ein Formular aus der Ablage. Ich füllte alles zügig aus und als Herr Kaatschii freudig »Ohh« ausrief, sah ich ein Gesicht so glücklich strahlen, wie ich selten eines gesehen hatte. Ich war gerade dabei gewesen, meinen Geburtsort und meine Nationalität einzutragen. Und genau diese Details hatten meinen künftigen Arbeitgeber ganz offensichtlich über alle Maßen begeistert. »Ein US-Boy! Wunderbar! Herr Litt, ich habe meine Ausbildung in den Vereinigten Staaten gemacht. Dort habe ich alles gelernt und nach dem Vorbild der amerikanischen Fast-Food-Ketten hier mein eigenes Restaurant eröffnet. Für mich ist es nun eine riesige Freude, Ihnen als Amerikaner die Prinzipien meines Unternehmens beibringen zu dürfen!« Irgendwie konnte ich nachvollziehen, was Herr Kaatschii meinte. Irgendwie war mir Kaatschiis extremer Freudentaumel aber auch suspekt. »Na ja, ich bin halt da geboren, in den USA. Aber ich lebe ja schon ewig hier, wie Sie hören, Herr Kaatschii. Also ...« Ich wusste nicht mehr, was ich sagen sollte, aber Herr Kaatschii fand Worte: »Ein US-Boy! Wunderbar! Schön!«

Der Vertrag war schnell unterschrieben. Ich sollte am nächsten Tag meine Lohnsteuerkarte und vor allen Dingen auch gute Laune mit zur Arbeit bringen. Herr Kaatschii zeigte mir aber erst noch den Aufenthaltsraum für Mitarbeiter, in dem ein paar Leute müde auf Spezialitäten des Hauses rumkauten. An der Wand hing ein Fernseher, der einen Film zeigte, in dem es anscheinend um die Zubereitung der Speisen ging. Ich hörte eine Stimme, die mich an billige Baumarktwerbefilme erinnerte, begeistert jauchzen: »Und wenn die Pommes dann aus der Fritteuse kommen, dann, und erst dann, schmecken sie so lecker, wie es sich für uns gehört!« Der Satz wurde ungefähr fünfmal mit deutlich wachsender Begeisterung wiederholt. Dazwischen brummte immer ein Buzzer, der dann blitzartig im Bild auftauchte. Der Buzzer signalisierte, wann die Kartoffeln aus dem siedend heißen Fett gezogen werden mussten. Denn dann ... ja klar!

Weiter ging es zum Ankleideraum. Kurz bevor wir die Tür erreicht hatten, sprang sie wie von Geisterhand auf und ein Mann und eine Frau in blauen Klamotten mit Häubchen auf den Köpfen stürmten heraus. Der Typ zog sich den Hosenbund im Laufen hoch, die Frau strich sich hektisch die Bluse glatt. »Hallllooooo«, säuselte Herr Kaatschii den beiden mit einem gutmütigen Lächeln entgegen. Das Pärchen guckte nur beschämt zur Seite und rannte weg. »Ja, hier ist was los«, sagte Herr Kaatschii und zwinkerte mir wieder zu. Der Ankleideraum war ziemlich eng und in den Regalen lagen mehrere Dutzend Dienstuniformen, sortiert nach groben Größen: klein, mittel, groß, ganz groß. »Morgen früh nehmen Sie sich was Schickes, das Ihnen passt, Herr Litt. Und dann geht es an die Pommes-Station«, sagte Herr Kaatschii. Er erklärte mir, dass ich erst einmal klein anfangen müsste. Die Kartoffeln würden in der Produktpalette des Restaurants oft unterschätzt – tatsächlich seien sie ein integraler Bestandteil des Erfolges, weil sie nirgendwo sonst so schmecken würden wie in seinem Restaurant. Da könne die Konkurrenz nicht mithalten. Für mich als Anfänger – er wies auf eine Box, in der sich Buttons befanden, und griff eine mit dem Schriftzug »Trainee« für mich heraus – sei es absolut unverzichtbar, zunächst den Umgang mit den Kartoffeln zu erlernen. »Wenn Sie die richtig frittieren können, Herr Litt, dann kommen die Hacksteaks … und wer weiß … vielleicht sehen wir Sie vor Ihrem Urlaub sogar noch an der Kasse! Sie sind ein US-Boy! Ich glaube, Sie haben Talent!« Mann, der Typ traute mir was zu. Ich sah mich für einen Augenblick schon selbst in einem Maßanzug in einer eigenen Filiale stehen. Mit einer Anstecknadel am Revers, wie ich generös jungen Losern, wie ich einst einer war, Jobs gebe.

»Herr Kaatschii«, sagte ich kleinlaut und blickte ihm untertänig in die Augen, »meinen Sie, ich packe das?« »US-Boy, du schaffst das«, sagte Herr Kaatschii wieder breit lächelnd und klopfte mir auf die Schulter.

Am nächsten Tag fuhr ich früh los, sieben Kilometer mit dem Fahrrad bis zum Restaurant. Ich wollte unbedingt pünktlich zur ersten Schicht erscheinen, die erst am Mittag begann. Ich wollte die neue Arbeit fit und mit sauerstoffgesättigten Lungen aufnehmen. Denn, das hatte ich schon beim Bewerbungsgespräch gemerkt, das Klima im Restaurant war speziell. So viel, wie da gebraten und frittiert wurde – da konnte von Frischluft natürlich nicht die Rede sein. Ich freute mich aber schon auf meine saubere, gut duftende Dienstkleidung, die – wie Herr Kaatschii mir versichert hatte – immer ganz frisch gewaschen im Regal für mich bereitliegen und so gut riechen würde, dass jede Schicht von Anfang an Spaß machen musste. Als ich in den Ankleideraum kam, roch es dort unangenehm nach Schweiß. Vor mir standen zwei Männer in Unterhosen und Socken vor den Regalen und schimpften, dass mal wieder nur die abgewetztesten Anzüge verfügbar seien und dass man ruhig mal neue Klamotten zur Verfügung stellen könnte. Ich fand ein Hemdchen in meiner Größe – Blau mit V-Ausschnitt, steckte mir sofort meinen Trainee-Button an die Kragennaht und setzte mir ein blaues Hütchen auf. Eine passende Hose war nicht zu finden. Ich fragte einen anderen Mitarbeiter, der mir einfach eine übergroße Hose aus dem Regal zog und mir empfahl, die Beine aufzukrempeln. Ich sah aus wie ein debiler Freund der vermenschlichten Cartoon-Burger, die in den Filmen mitspielten, die auch manchmal im Aufenthaltsraum gezeigt wurden. Aber egal, ich war ja nicht zum

Spaß hier, ich wollte arbeiten, um mir demnächst meine schicksten Slipper auf den Ramblas von Barcelona von einem Schuhputzer polieren zu lassen. Wie ein Marshmallow-Mann wackelte ich aus der Ankleide in die Küche und meldete mich beim sogenannten »Trainer«, um mich an der Pommes-Station einweisen zu lassen. Der Trainer sah aus wie die dicke Frau an der Kasse. Die Frau war seine Mutter. Er hieß Honkmann und führte mich zur Fritteuse, blickte abfällig an mir herab und auf Höhe meines Gürtels sagte er: »Also, pass auf! Du nimmst die Kartoffeln mit diesem Schöpfeisen aus dem Karton, gibst sie in ein Fritteusensieb. Und sobald du das Sieb in das heiße Fett eingelassen hast, drückst du diesen roten Knopf hier! Wenn es brummt, ziehst du das Sieb raus und schüttelst es dreimal kräftig. Dann kommt das Sieb wieder ins Fett. Du drückst noch einmal den Knopf. Dann wartest du. So ungefähr zwei Minuten. Dann brummt es wieder – und dann muss das Sieb sofort raus. Denn dann sind die Pommes fertig. Und nur dann. Nicht vorher und nicht später. Das muss absolut exakt sein, damit die Pommes auch geil schmecken!« Ich nickte und hatte genau verstanden, was er meinte, denn mir klang ja noch der Satz aus dem Film im Pausenraum vom Vortag in den Ohren. »Ja, klar«, sagte ich, »dann schmecken sie so lecker, wie es sich für uns gehört!« Honkmann guckte mich skeptisch an, gleichzeitig leicht drohend, als wollte er mir signalisieren, dass er auch anders könnte. »Ja, wie es sich für uns gehört! Und du machst das jetzt den ganzen Tag heute! Alles klar? Gleich geht's hier rund! Dann muss das laufen. Und immer müssen geile Kartoffeln da sein. Wir machen heute mindestens eine 3000er-Stunde. Vielleicht auch mehrere.«

Es ging tatsächlich bald zu wie in einem Bienenstock. Die Leute strömten herein, bestellten alle eines der Menus, zu denen Pommes grundsätzlich dazugehörten. Ich machte meine Sache ganz anständig, nie gingen die Pommes aus. Und wenn ich auch kein Lob bekam für das, was ich tat, so war ich doch innerlich zufrieden, meinen Teil zum Erfolg beigetragen zu haben. Wir schafften mindestens drei Stunden, in denen sicherlich 3000 Mark Umsatz gemacht wurden. Am Abend war ich zwar nicht todmüde, aber das viele Kartoffelschaufeln und Schütteln hatte mich doch angestrengt. Ich freute mich auf einen ruhigen Abend, als Honkmann plötzlich neben mir auftauchte. »Jetzt kommt der wichtigste Teil des Tages«, sagte er. »Wir holen jetzt das Absauggerät aus dem Lager und dann wechselst du mal schön das Frittierfett. Mit dem Fett kannst du morgen nicht mehr arbeiten. Da muss frisches Fett in die Fritteuse.« Er wies mich an, ihm zu folgen, und schon auf dem Weg zum Lager hörte ich jemanden den Satz schreien: »Vorsicht im Lager!« – dann gab's einen Knall. Wenige Sekunden später wiederholte sich das Ganze. Erst der Schrei »Vorsicht im Lager!«, dann wieder ein lautes, platschendes Geräusch. Und so ging es weiter. Als ich mit Honkmann am Lager ankam, stand dort ein hagerer Typ mit einem vernarbten Bullterriergesicht vor einer Europalette mit Kartons. Er wuchtete einen Karton hoch, schrie »Vorsicht im Lager!« und schleuderte den Karton dann in den nächsten Raum, in dem sich aber scheinbar niemand befand. »Eddy, du Vollidiot. Hör mal eben kurz auf zu werfen«, sagte Honkmann. »Wir holen mal schnell die Fettmaschine.« Eddy guckte irgendwie bösartig und blieb wie versteinert stehen. Honkmann und ich holten aus dem Lager eine Art Staubsauger, dann sagte Honkmann zu Eddy, dass er wieder weitermachen könne. »Vorsicht im Lager!« – Knall – und noch mal von vorne.

Das Fettabsaugen aus der Fritteuse war eine widerliche Arbeit. Es stank fürchterlich. Und weil es immer noch heiß war und verdunstete, hatte ich das Gefühl, es legte sich nicht nur fein über meine Haut, sondern es drang auch noch in meine Poren ein. Nachdem ich alles abgesaugt hatte, musste ich die Kessel ausscheuern und anschließend frisches Fett auffüllen. Der alte, verbrauchte Sud wurde in Fässer für den Sondermüll abgefüllt. Die nächsten Tage vergingen genauso wie der erste, allerdings fand ich mehr Zeit für Pausen. Ich nahm mir was zu essen in den Pausenraum mit und setzte mich an den großen Tisch, über dem der Fernseher hing, der ständig Filme zeigte, in denen es immer nur um die Arbeit ging. Meistens waren Szenen zu sehen, die tatsächlich in unserem Restaurant gedreht worden sein mussten. Herr Kaatschii hatte richtig investiert. Manchmal gab's aber auch Cartoons, in denen die Produkte die Hauptdarsteller waren. Einer dieser Zeichentrickfilme öffnete mir die Augen im Hinblick auf meine wahre Position im Restaurant. Da war ein Burger auf zwei Beinen, der vor Selbstbewusstsein strotzend über eine Straße lief. Andere Produkte, ebenfalls vermenschlicht mit Beinen und Armen, grüßten den tollen Burger ehrfurchtsvoll. Sie sagten Dinge wie: »Oh, da kommt der Große! Er ist wirklich der Chef!« Und dann kam plötzlich eine Papiertüte dahergeschlichen, die ein eher unscheinbares Gesicht hatte. Die Pommes sprossen wie Haare aus der Tüte, auf der das Gesicht aufgemalt war. Die anderen Fleisch-, Fisch- und Käseburger lachten die Pommestüte aus und die Hänselei gipfelte darin, dass der große Burger anmarschiert kam und die Pommestüte mit einem groben Hieb aus den Latschen schlug. Dann lachte er ganz laut und selbstgefällig und sagte: »Hey, Pommes! Schneid dir mal die Haare!« Worauf alle anderen anfingen, irre zu gackern. Mir wurde klar: Ich war Pommes – ganz unten in der Hierarchie. Der Letzte!

Nach vier Tagen an der Kartoffel-Station im Akkord und anschließender Fettabsaugerei ging ich zu Herrn Kaatschii. Seine Bürotür – und darauf legte er großen Wert – stand ja am hinteren Ende der Küche immer für alle Mitarbeiter offen. Ich kam etwas ungelegen, glaube ich, denn Kaatschii hielt eine Mitarbeiterin auf seinem Schoß fest und wedelte mit einem BH vor ihrem Gesicht. »Der ist für mein Schätzchen«, wisperte er, dabei sah die Mitarbeiterin aber so aus, als wollte sie sich aus seinem Griff lösen und als hätte sie überhaupt keine Freude an der Reizwäsche. Als Herr Kaatschii mich sah, lockerte er seinen Griff, die Kollegin sprang sofort auf und rannte in Richtung Küche. Herr Kaatschii grinste breit und ich hatte den Eindruck, die Szene, die sich gerade noch ereignet hatte, hätte so niemals stattgefunden. Herr Kaatschii jedenfalls hatte sie offensichtlich völlig ausgeblendet, ihm war anscheinend nichts peinlich. Er wechselte blitzschnell in unseren üblichen Gesprächston. »Hallo US-Boy! Alles gut? Macht die Arbeit Spaß? Ich höre nur Gutes!« Ich sagte, dass ich im Großen und Ganzen ganz zufrieden sei, aber dass ich mich irgendwie von dem in seinem Restaurant geltenden Prinzip der Rotation ausgeschlossen fühlen würde. »Alle anderen hier machen mal dieses, mal jenes. Ich stehe jetzt seit Tagen an der Pommes-Station und muss das Fett wechseln. So habe ich mir die Arbeit bei Ihnen nicht vorgestellt. Dass ich immer noch ein Trainee bin, der etwas lernen muss, kann ich verstehen«, sagte ich,

»aber Sie haben mir in Aussicht gestellt, dass ich vielleicht sogar einmal die Kasse bedienen und verkaufen darf. Ich arbeite auch gerne an der Pommes-Station, aber wie meine Kollegen würde ich gerne auch mal was anderes machen!« Herr Kaatschii blickte mich ernst und verständnisvoll an, strich sich mit dem goldberingten Mittelfinger über den Schnurrbart. »US-Boy, du hast völlig recht. Du musst auch in den anderen Bereichen Erfahrungen sammeln. Morgen arbeitest du vielleicht mal im Lager. Du kannst Eddy sagen, dass er morgen das Fett wechseln muss. Erstmal seid ihr sowieso zusammen an der Hackbratgrillplatte, dann könnt ihr gemeinsam darüber reden. So machen wir es!«

Am nächsten Tag begrüßte mich Eddy mit den Worten: »Na, heute wieder schön Pommes?«

Ich ging nicht drauf ein, sondern versuchte ein Gespräch aufzubauen. Ich fragte ihn, was er denn so am Wochenende machen würde. »Hundestaffel«, blaffte er kurz.

»Wie, Hundestaffel?«

»Hundestaffel im Stadion«, sagte Eddy.

»Wie, Hundestaffel im Stadion?«, fragte ich.

»Ich bin im Stadion in der Hundestaffel. Wenn ein Spiel ist im Stadion, sorgen wir für Sicherheit mit den Hunden. Wenn du im Stadion bist beim Fußballspiel, kannst du mich sehen. Ich führe unsere Hunde ums Spielfeld herum. Für die Sicherheit!«

»Und dann?«, fragte ich.

»Ja, Hundestaffel …«, sagte er.

Wir konnten die Unterhaltung nicht fortsetzen, da wieder eine 3000er-Stunde anbrach. Eddy warf einen Hackbraten nach dem anderen auf den Grill, ich hielt die Kartoffel-Station am Brummen, so wie es mir Honkmann erklärt hatte und wie ich es mittlerweile auch in einigen Filmen im Pausenraum immer wieder hatte beobachten können. In der Pause brauchte ich an diesem Tag unbedingt mal Abwechslung. Ich ging einfach mit einer Zigarette aus der Küche hinaus in den Hinterhof. Da sah ich Eddy in seinem grünen Arbeitsanzug, wie er wild mit einer Frau in einem weißen Kittel rumknutschte. Ich wollte die beiden nicht stören, aber ich wollte auch nicht in den stickigen Pausenraum, wo viel zu laut die Schulungsfilme liefen. Eddy und die Frau waren anscheinend sowieso gerade dabei, sich zu verabschieden. Die Frau sagte irgendetwas, was ich nicht hören konnte. Eddy riss sie an sich, rammte ihr seine Zunge in den Rachen und sagte mit dem Blick eines Cowboys im Western: »Baby ... ich liebe dich!« Dann blickte er ihr drei, vier Sekunden tief in die Augen. Stieß wieder wie ein Hai mit geöffneten Lippen auf ihr Gesicht zu und wiederholte noch einmal die Worte: »Baby ... ich liebe dich!« Dann verschwand die Frau um die Ecke. Eddy, der mich anscheinend schon bemerkt hatte, kam auf mich zu und sagte: »Na, Pommes! Pause?«

Ich nickte: »Ja, Pause! Nette Frau eben!«

Eddy guckte in den Himmel, pustete Qualm von der Zigarette in die Luft, die er sich gerade angezündet hatte: »Meine Frau, Rewe, Käsetheke. Nebenan!«

»Ah, ich verstehe!«

»Ich liebe sie!«

»Ist sie auch in der Hundestaffel?«, wollte ich wissen.

Eddy nickte, dann trat er seine Zigarette aus und verschwand. Ich ging auch zurück in die Küche. Anschließend machten wir, glaube ich, nur noch 3000er-Stunden. Als es Abend wurde, freute ich mich auf irgendeinen Job wie Speiselobby aufräumen, Lager auffüllen oder sonst was. Jedenfalls hatte ich keine Lust aufs Fettwechseln und sprach Eddy darauf an, dass Herr Kaatschii mir mitgeteilt hatte, dass er nun an dem Abend die Fettmaschine bedienen müsse.

Es ergab sich ein völlig absurder Wortwechsel, in dessen Verlauf Eddy, rein äußerlich, von der Körperhaltung her, extrem aggressiv wurde, verbal aber immer unverständlicher. Er kläffte wild, es fielen Wörter wie »Idiot« und »Pommesarsch«. Eine beschränkte Diskussion, die zu nichts führte. Irgendwann wurde es mir zu bunt und ich ging zum Büro von Herrn Kaatschii. »Herr Kaatschii«, beschwerte ich mich, »ich habe heute wieder die Pommes-Station gemacht. Alles schön und gut. Aber das Fett wechseln werde ich heute nicht schon wieder. Alle anderen wechseln ständig die Tätigkeiten, bei mir ist alles jeden Tag gleich. Ich würde gerne mal Lobby- oder Parkplatzdienst haben. Also den ganzen Müll der Kunden aufsammeln. Dann würde ich mal wieder etwas frische Luft bekommen, anstatt immer nur diesen Fettnebel.«

Herr Kaatschii schaute milde wie ein Buddha, faltete dabei die Hände unter dem Kinn.

»Du hast vollkommen recht, US-Boy. Heute muss Eddy das Fett wechseln. Bitte sage ihm, dass ich das angeordnet habe. Sag es ihm!«

Ich schlitterte zurück in die Küche – das verdammte Fett lag wie ein glitschiger Film über dem gesamten Küchenboden. Fast wäre ich darauf ausgerutscht. Ich sagte Eddy, was Herr Kaatschii mir aufgetragen hatte. Eddy verzog das Gesicht, die Lippen lagen gezackt übereinander und dann fauchte er mir irgendwas mit »Hundestaffel« entgegen.

Ich wiederholte noch einmal alles, aber er bellte immer nur: »Kartoffel-Arschloch!«

Ich blieb cool und sagte nur noch, dass ich jetzt auf den Parkplatz gehen würde, um Abfall aufzusammeln. Er solle nun gefälligst das Fett wechseln - und bei der Gelegenheit könne er die Brühe in seinem Kopf auch gleich mal absaugen und auswechseln. Das war eine üble Beleidigung, für die ich aber auch umgehend die Quittung bekam. Eddy griff nach einem Metallstempel , mit dem er sonst die rohen Burger auf die heiße Grillplatte presste. Das Ding musste verdammt heiß sein. Er ließ es auch erst mal fallen, weil er sich wohl die Finger verbrannt hatte. Aber dann nahm er den Stempel mit einem Tuch wieder auf und schrie: »Ich mach dich platt!«

Ich sah, dass er es ernst meinte und auf mich losstürmen wollte. Ich rannte weg, er hinter mir her, und so jagten wir drei, vier Runden durch die Küche, bis plötzlich Herr Kaatschii erschien und das Theater mit strengen Worten beendete. Eddy hatte das Fett zu wechseln, stellte Kaatschii unmissverständlich klar. Ich sollte den Parkplatz aufräumen.

Ich dachte, jetzt würde alles gut werden, aber am nächsten Tag erschien Eddy nicht zur Arbeit, er hatte sich krankgemeldet. Ich musste wieder an die Pommes-Station, ich musste wieder das Fett wechseln. Diesmal bekam ich den Arbeitsauftrag von René Honkmann. Er gehörte, wie gesagt, der geheimen Dynastie innerhalb des Restaurants an. Neben ihm arbeiteten noch seine Frau, zwei kleine Brüder und seine Mutter und deren Bruder in dem Laden. Wenn Herr Kaatschii mal nicht im Haus war und drei bis vier Honkmanns die gleiche Schicht fuhren, hatte man den Eindruck, das Restaurant gehörte ihnen. Die Honkmanns demonstrierten absolute Dominanz, sie trugen allesamt bereits pinke Buttons, die sie als besonders qualifiziertes Personal auswiesen, und sie waren befugt, in Kaatschiis Abwesenheit Weisungen zu erteilen. Drecksarbeiten gingen an die anderen Mitarbeiter, niemals an einen Honkmann. Als Eddy auch am dritten Tag in Folge nicht erschien und ich vom vielen Arbeiten an der Fritteuse schon Abszesse auf der Stirn und unter meinem Hütchen bekam, fragte ich René, ob denn der Eddy bald wiederkommen würde, weil der mich ja vielleicht mal an der Pommes-Station ablösen könnte. René Honkmann sagte, der Eddy werde niemals wiederkommen.

»Ach so«, sagte ich. In diesem Moment bedauerte ich es, dass Eddy nicht wiederkommen würde. Nicht nur, weil ich gehofft hatte, er könnte mal wieder das Fett absaugen. Auch, weil ich sein Kampfhundgesicht mittlerweile vermisste.

»Der Eddy kommt nicht mehr wieder, weil er die Kündigung bekommen hat. Deshalb«, erklärte René Honkmann kurz und knapp.

»Warum denn? Er hat seine Arbeit doch im Großen und Ganzen sehr geliebt ... Sie war ihm fast so wichtig wie die Hundestaffel im Stadion.«

»Er hat diese Arbeit nicht geliebt, er hat sie nicht wirklich zu schätzen gewusst!« René war wütend, das merkte ich an seinem Tonfall.

Bevor ich noch mal etwas sagen konnte, sagte René Honkmann: »Er hat sich krankgemeldet, aber sich gleichzeitig mit dieser Schlampe von der Käsetheke nebenan in der Stadt rumgetrieben.«

»Na ja, vielleicht hat ihm der Arzt frische Luft ...«

»Wer krank ist, ist krank. Gehört ins Bett. Basta! Und Herr Kaatschii war sehr böse, als er gehört hat, dass sich Eddy in der Stadt wieder mit dieser Schlampe rumgetrieben hat. Und er hat ihn direkt entlassen. Fristlos.«

»Also, ich weiß nicht. Vielleicht ... na ja, kann man so und so sehen«, wandte ich kleinlaut ein. »Die Frage ist ja auch, selbst wenn er mal kurz in der Stadt an der frischen Luft war und Kaatschii hat das nur gehört, dann muss man ihn doch nicht gleich feuern. Und vor allem: Von wem hat Kaatschii das denn gehört?«

»Jemand hat den Eddy verpfiffen«, klärte René Honkmann auf und dabei zuckte seine Oberlippe leicht, da war so eine Andeutung von einem Grinsen.

Meine letzte Frage musste natürlich lauten: »Wer hat ihn denn verpfiffen? Wer macht denn so was?«

René Honkmann sagte nichts mehr, er hob nur seinen Daumen nach oben und lenkte die Spitze dann auf seine eigene Brust. Dann lachte er. Im selben Moment zog mich seine Mutter von hinten ruppig an meinem Jäckchen in Richtung Pommes-Station und schrie mir ins Ohr: »Ey Junge, mach mal Pommes. Und kümmer dich mal anständig um deine Station. Das sieht ja aus hier wie im Schweinestall. Wenn du deinen Job hier behalten willst, musst du dich schon anständig um deine Station kümmern.« Die Hoffnung, jemals von dieser Kartoffel-Station wegzukommen, schwand mehr und mehr. Am nächsten Morgen hatte ich die Frühschicht und auf dem Dienstplan stand zu meiner großen Überraschung, dass ich für den Tag an der Salat-Station eingeteilt war. Es gab zwei Arten von Salat, die in kleinen Plastikschälchen zubereitet werden mussten. Die Salate unterschieden sich nicht groß voneinander. Im einen

Fall wurde ein Salatfundament mit Gurken und Tomaten belegt, in der anderen Variation kamen auf das Grünzeug Eierhälften und Käseraspel. In dem Manual, das über der Salatanrichte hing, hatte Herr Kaatschii geschrieben: »Bitte belegen Sie die Salate schön! Das Auge isst mit!« Ich nahm mir vor, meinen Kollegen und Herrn Kaatschii zu zeigen, was in mir steckte. Schließlich hatte ich ja in der Steinfabrik auch die Paletten mit Packzetteln belegt. Ich garnierte die Salate akribisch und mit einer Leidenschaft, mit der man sich sonst nur der japanischen Faltkunst Origami hingibt.

Herr Kaatschii staunte nicht schlecht, als er gegen Mittag meine Salatbar begutachtete. Es war gerade nicht viel los im Restaurant und deshalb klatschte er mehrfach ganz laut in die Hände, wobei seine goldene Uhr und seine ebenfalls goldenen Armbänder rasselten. »Leute, Leute«, schrie er. »Wer gerade nicht in direktem Kundenkontakt steht, kommt bitte umgehend zur Salat-Station!« Sofort kamen Kollegen über den glitschigen Kachelboden angeschlittert und stellten sich im Kreis um uns herum auf. Herr Kaatschii nahm eines meiner Salatschälchen und hielt es den Kollegen unter die Nase. »Seht euch das an! Wunderbar! Wunderbar! Unser US-Boy hat doch ganz schön was drauf! Das sind die besten Salate, die ich hier seit Monaten gesehen habe. Wunderbar! Wir alle gratulieren Herrn Litt ganz herzlich zu diesem wunderbaren Garniererfolg!« Die Glückwunschwelle rauschte umgehend über mich hinweg. »Toller Garniererfolg«, hörte ich immer wieder und fragte mich, was ich denn so toll garniert hatte. Die Salate sahen immer gleich aus. Vier Eierteile symmetrisch in der kreisrunden Schale anzuordnen war kein Kunstwerk. Okay, ich wollte meinen Job gut machen, um nicht an die Pommes-Station zurückzumüssen, aber mit einem Garniererfolg hatte ich nun auch nicht gerechnet. Ich schüttelte immer noch Hände, als Herr Kaatschii wieder die Stimme erhob. »Lieber US-Boy, lieber Herr Litt, heute haben Sie uns allen bewiesen, dass Sie viel gelernt haben in der letzten Zeit. Sie sind kein Trainee mehr ab heute. Ab heute können Sie verantwortungsvolle Arbeiten bei uns übernehmen. Andere, neue Mitarbeiter werden in Zukunft auch von Ihnen etwas lernen können. Im Personalraum finden Sie heute Abend eine neue Mütze und ein eigenes Namensschild in Grün! Herzlichen Glückwunsch! Auch noch mal zum Garniererfolg!« Die Kolleginnen und Kollegen klatschten Beifall. Möglicherweise erlebte ich gerade einen Schlüsselmoment. Einen Moment, den andere Mitarbeiter in ihrer Erwerbsbiografie niemals vergessen würden. Ich konnte den Glanz des Moments nicht richtig wertschätzen, ich kam nicht richtig in die Stimmung »of glory«. Ich wollte ja sowieso nur noch ein paar Wochen meinen Job machen und dann in den Urlaub nach Barcelona. Allerdings rechnete ich mir große Chancen aus, den Rest der Zeit ab sofort mit Garniererfolgen der ewig selben Salatkreationen totschlagen zu können. Als ich am nächsten Tag den Dienstplan checkte, wurde mir klar, dass ein Garniererfolg nichts für die Ewigkeit war. Ich war für den Aufräumdienst im Restaurant und auf den Parkplätzen eingeteilt. Außerdem fand ich eine persönliche Mitteilung von Herrn Kaatschii.

»Hallo US-Boy, heute fängt ein neuer Mitarbeiter an. Er heißt Mugo, stammt aus Bulgarien und spricht wenig Deutsch. Bitte heiße ihn um 14 Uhr im Personalraum willkommen. Bitte einkleiden, dann kurz das Schulungsvideo

›Empfang & Sauberkeit‹ ansehen. Anschließend bitte mit Mugo die Tätigkeit aufnehmen!«

Mugo erschien pünktlich. Ein über zwei Meter großer Titan mit krausem Haar und gutmütigem Gesicht. Er sah aus wie ein Bär. Hätte er dieses krause Haar am ganzen Körper und im Gesicht gehabt, hätte er ernsthaft als Bär arbeiten können. Ich grüßte ihn freundlich, hieß ihn willkommen, aber er sagte kein Wort. Ich nahm ein paar Anläufe, aber es gab keine Reaktion, ich blickte in ein weitestgehend regungsloses Gesicht. Er zwinkerte gerade mal mit den Augen, rein reflexartig. Ich fragte: »Du bist doch Mugo, oder?«

»Mugo!«

»Sprichst du kein Deutsch?«

»Ich Mugo!«

»Okay, Mugo! Komm, ich zeige dir, wo es die Dienstkleidung gibt. Ich muss mir meine auch noch anziehen.«

Wir gingen in den Abstellraum mit der Dienstkleidung. Eine Kollegin und ein Kollege standen dort gerade im Dunkeln. Mugo und ich kamen offensichtlich ungelegen, aber die beiden murmelten irgendetwas und verschwanden dann ganz schnell in Richtung Personalraum. Wir machten das Licht an und suchten nach passender Kleidung. Wir fanden aber nur Klamotten in den XXL-Fächern. Trotzdem war kein Outfit für Mugo dabei. Wir probierten etliche Hosen und Hemden, aber Mugo sah immer aus wie hineingeschossen. Ich fand für mich wieder nur viel zu große Sachen. Mir schlabberte mein Dress am Körper. Mugo presste seinen gewaltigen Körper mit Ach und Krach in die größten verfügbaren Klamotten. Dann gingen wir in den Schulungsraum und guckten das Video. Völlige Zeitverschwendung! Alles, was da zu sehen war, war klar und bedurfte keines Hinweises. Wir sollten die Tische und die Böden sauber halten, Servietten und Verpackungen auflesen, hinterher die Tische glänzend wischen, eben die Basics des Aufräumens. Auf den angrenzenden Parkplätzen vor dem Restaurant galt es ebenfalls immer für Ordnung zu sorgen. Alles klar und selbstverständlich. Aber die überdrehte Stimme, die immer in den Schulungsfilmen zu hören war, erklärte alles nachdrücklich: »Unsere Gäste wollen Sauberkeit! Unsere Gäste bekommen Sauberkeit! Wir wischen die Tische richtig sauber – dabei sind wir niemals nachlässig!« Man sah, wie ein Mitarbeiter in einem passenden, gut sitzenden Arbeitsanzug mit einem Lappen eine Tischplatte polierte. Und zwar in einer Art und Weise, wie man bei einem Rolls Royce oder einem teuren Bentley den Lack pflegen würde. Dann ein harter Schnitt, der Mann im Film stand plötzlich an der Tür zum Restaurant und lächelte glücklich. »Wenn wir alles sauber und blitzblank haben … und es gibt gerade nichts für uns auf den Parkplätzen oder in der Restaurantlobby zu tun … was machen wir dann?« Nahaufnahme des strahlenden Gesichtes vom Mitarbeiter! »Wir stellen uns an die Eingangstür und begrüßen jeden Gast persönlich!« Man sah, wie der Mitarbeiter eintreffenden Besuchern die Tür aufhielt und sagte: »Herzlich willkommen bei uns! Wir wünschen Ihnen einen guten Appetit und eine gute Zeit bei uns!«

So einen Quatsch hatte ich noch nie gesehen und auch nicht erlebt. Das musste Herr Kaatschii aus den USA haben, hier machte das doch niemand. Ich sagte Mugo, dass wir das mal schnell vergessen sollten mit dem »Herzlich willkommen!« Mugo nickte aber wieder nur. Es war sehr unwahrscheinlich, dass er überhaupt jemals etwas sagen würde. Den Schulungsfilm hatte er auch teilnahmslos verfolgt.

Er saß da mit verschränkten Händen und starrte stumpf auf den Monitor. Aber als der Film zu Ende war, stand er direkt auf und signalisierte so, dass er mit mir an die Arbeit gehen wolle. Wir trotteten zuerst durchs Restaurant, das brechend voll war. Auf allen Tischen stapelten sich Essensreste und Verpackungen. Mugo und ich sammelten alles fleißig ein und brachten es zu den Abfallkörben. Dabei wurden wir ständig von Besuchern verspottet. Mugo, weil er wie eine tanzende Fleischwurst in zu enger Pelle aussah. Ich, weil mir der Anzug viel zu groß war. »Ey, Sandokan, räum mal den Dreck weg!«, schrie mir ein Schüler hinterher. Eine Hausfrau war höflicher: »Kannst du mal bitte hier saubermachen, du Klatschkalli? Und sag mal deinem Chef, er soll dir was zu essen geben! Dann wächst du vielleicht noch in die Buxe rein!«

Ich fand es eigentlich ganz lustig, wenn die Leute über mich lachten. Der Job war besser als die Arbeit mit den Kartoffeln. Mugo war scheinbar eh alles egal. Wenn wir die Parkplätze kontrollierten, ließen wir uns sowieso viel Zeit und so kamen Lohn und Arbeit in ein anständiges Verhältnis. Mugo und ich redeten tagelang so gut wie gar nicht miteinander, aber wir verstanden uns. Immerhin lächelte er manchmal, auf unsere stillschweigende Art waren wir ein gutes Team. Am vierten Tag, inzwischen hatten wir auch gemeinsam Lagerarbeit verrichtet und uns als Lobbyreiniger etliche Male tadellos unter Beweis gestellt, zog uns Herr Kaatschii von unserem Posten ab. »Wir haben heute einen dramatischen Engpass! Ihr müsst sofort an die Kasse! Die Honkmanns sind alle auf Fortbildungen, vom Verkaufspersonal sind zwei Leute krank, zwei sind im Urlaub. Ihr bekommt jetzt eine Kassenschulung von mir. Persönlich! Den

Schulungsfilm dazu müsst ihr euch nicht angucken. Die Kasse ist so leicht, das versteht sowieso jeder Idiot!« Er ging mit uns zu einer der Kassen und erklärte, was eigentlich tatsächlich keiner Erklärung bedurfte. Die Tasten waren voller Symbole. Alle Produkte waren bildlich dargestellt. Man gab ein, was der Kunde wollte, auf der Digitalanzeige erschien der Betrag, der zu zahlen war. Auf einem Ziffernblock konnte man die Summe eingeben, die der Kunde abgab. Was er noch an Wechselgeld zurückzubekommen hatte, wurde dann automatisch auf dem Display angezeigt. Die Bestellungen wurden automatisch auf einem Monitor in der Küche angezeigt, sodass die Mannschaft am Grill wusste, was sie zu tun hatte. Bevor unsere erste Schicht an der Kasse anfing, hatten Mugo und ich noch eine Pause. Ohne Worte nahmen wir uns etwas zu essen mit und setzten uns an den hintersten Tisch im Personalraum. Möglichst weit weg von dem Monitor, auf dem die Schulungsfilme gezeigt wurden. Zu uns setzten sich noch zwei schlaksige Typen, die offensichtlich für uns den Lobbydienst übernehmen sollten. Ich wollte gerade in meinen Burger beißen, als Mugo mir einen »Gutten Appettitt« wünschte und zu sprechen anfing. »Diese Arbeit hier ist die allerletzte Scheiße«, sagte er. »Aber der neue Job ist noch die menschenwürdigste Scheiße. Obwohl, unser alter Job war wenigstens manchmal schön leicht. Und wenn wir auf den Parkplätzen waren, hatten wir wenigstens gute Luft.« Mugo sprach mit starkem osteuropäischen Akzent, aber er sprach grammatikalisch einwandfrei.

»Mugo, du kannst ja sprechen. Warum hast du denn vorher nichts gesagt?«

»Weil ich keine Lust hatte. Ich hatte keine Lust auf den

Job, ich hatte keine Lust auf Bekanntschaften hier. Ich wollte meine Ruhe.«

Mugo erzählte mir, dass er aus seinem Heimatland geflohen sei, wo er als Wissenschaftler gearbeitet hatte, aufgrund seines Glaubens aber starken Repressionen ausgesetzt gewesen sei. Er habe kaum eine Chance, seine Qualifikationen nachzuweisen, und sei in erster Linie froh, dass er überhaupt in der Bundesrepublik leben könne. Aber auf einen guten Job habe er keine Aussicht und übergangsweise wolle er einfach hier im Restaurant arbeiten. Er sei aber drauf und dran, diesen Job wieder aufzugeben, weil ihm das Klima hier überhaupt nicht gefalle. »Und diese idiotischen Schulungsfilme. Das ist wie im Kommunismus«, sagte er mehrmals hintereinander. Wir aßen auf und gingen an die Kassen. Bestellt wurden die Standards des Restaurants und wir leiteten alles zügig in die Wege, damit die Leute was zu essen bekamen. Mugo und ich waren schnell, in Stoßzeiten, wenn sich Schlangen vor den Kassen bildeten, hatten wir in Rekordzeit alle hungrigen Mäuler gestopft. Die beiden Neuen in der Lobby machten sich auch gut. Nie lag Abfall herum oder bildeten sich Fett- und Saucenschlieren auf den Tischen. Die beiden standen sogar häufig an der Eingangstür und begrüßten die Gäste mit stark polnischem Akzent in unserem Restaurant. Dafür bekamen sie jede Menge Scheibenwischer von den Gästen, aber gleichzeitig stieg auch die Stimmung in der Lobby. Wenn es schon am Eingang so lustig begann, wenn man dann auch noch so schnell wie von Mugo und mir bedient wurde, dann bekam für viele Kunden der Besuch unseres Restaurants eine neue Erlebnisqualität. Herr Kaatschii erkannte sehr wohl, dass er offensichtlich auf die richtigen Pferde gesetzt hatte. Am

Abend klopfte er den beiden Lobbyjungs auf die Schulter und sagte: »Spitze! Weiter so!« Für Mugo und mich hatte er noch mehr Worte des Lobes übrig: »Mugo, US-Boy – ihr macht eure Sache ganz fantastisch! Wirklich fantastisch. Ich habe mir schon gedacht, dass ihr gut mit Geld und mit Zahlen umgehen könnt, aber so viel hätte ich euch auf Anhieb nun auch wieder nicht zugetraut. Eure Kassenführung ist exzellent. Eure Quote ist ebenfalls fantastisch. Ihr habt mehrere 3000er-Stunden sehr, sehr gut gemeistert. Ich wiederhole: sehr, sehr gut!« Ich war stolz und lächelte, Mugo verzog keine Miene und sagte auch kein Wort. Herr Kaatschii klatschte in die Hände und fuhr fort: »Ich weiß noch nicht, ob ich euch einen Stammplatz geben und euch zum nächsten Fortbildungsseminar schicken kann. Da sind ja gerade die Honkmanns und die muss ich dann auch dementsprechend einsetzen. Aber ich kann mir vorstellen, dass ihr hier auch noch richtig Karriere machen könnt. Ihr seid morgen wieder an der Kasse, aber bitte achtet darauf, dass ihr euch passende Arbeitskleidung aus dem Regal sucht. Ihr seht ja fürchterlich aus. Aber ansonsten ist alles fantastisch!«

Am nächsten Tag ging ich wirklich gerne zur Arbeit. Der Kassenjob machte Spaß, weil man Kundenkontakt hatte und die Zeit rasend schnell verging. Mugo war übrigens auch alles andere als schweigsam, wenn er an der Kasse stand. Er begrüßte die Kunden freundlich, fragte, was er für sie tun könne. Nachdem er abkassiert hatte, wünschte er ihnen einen »Guten Tag!«

Heute ging er aber noch ein Stück weiter. Er fragte die Kunden, ob sie ihre Burger oder ihr Fischfilet tatsächlich so wie auf der Abbildung über der Kasse haben wollten oder ob sie vielleicht Sonderwünsche hätten. Das kam super an! »Also, ohne diese Gurken wäre es mir eigentlich lieber! Und wenn Sie vielleicht eine Extraportion Senf draufmachen könnten und ein paar mehr von den Zwiebeln, das wäre wunderbar!«

Mugo versicherte freundlich, dass das absolut kein Problem sei. Pure Dankbarkeit strahlte ihm aus den Augen derer, die bestellt hatten, entgegen. Ich beschloss, es genauso wie Mugo zu machen. Was Mugo schon häufiger erlebt hatte, passierte nun auch immer häufiger an meiner Kasse. Kunden sagten: »Ach, wenn Sie mir das so machen können, wie ich es gerne mag, dann bestelle ich gleich zwei Burger!« Oder: »Können Sie mir nicht diese Frikadelle mit dem Brötchen von der anderen kombinieren und vielleicht noch etwas von der Fischfiletsauce draufmachen?« Mugo und ich antworteten freundlich: »Natürlich, sehr, sehr gerne! Wenn es sonst noch etwas sein darf?«

Daraus ergab sich zwar das Problem, dass wir immer häufiger kurz in die Braterei laufen und die Sonderwünsche mitteilen mussten, aber das waren nur ein paar Schritte und in der Summe verkauften wir mehr Produkte als vorher. In der Braterei beschwerte sich auch niemand darüber, vermutlich weil die Arbeit abwechslungsreicher wurde, Herr Kaatschii bekam davon auch nichts mit und freute sich abends über noch bessere Einnahmen. »US-Boy, Mugo, ich weiß nicht, was los ist. Es ist kein Monatsende, die Leute haben nicht mehr Geld in der Tasche. Es ist brütend heiß draußen, da wird normalerweise immer weniger gegessen. Aber eure Schicht heute war sehr, sehr fantastisch. Sehr, sehr fantastisch! Spitze! Morgen weiter so!«

Es lief in den nächsten Tagen noch besser, weil sich

inzwischen in ganzen Schulklassen und unter Einkaufsbummlern herumgesprochen hatte, dass die beiden lustig gekleideten Typen alle Wünsche erfüllten. Nach einer Woche beschwerten sich aber einige Mitarbeiter am Grill, dass sie ständig Extrawürste braten mussten, und andere Kassenschichten bekamen immer häufiger Streit mit Gästen, die nicht verstehen wollten, warum sie ihre Sonderwünsche von diesem oder jenem Kollegen nicht erfüllt bekamen, wenn es doch bei diesem dicken Bär und dem Typen in den viel zu großen Schlabberklamotten überhaupt kein Problem sei. Weil zunächst wahrscheinlich niemand gegenüber Herrn Kaatschii präzise artikulieren konnte, wo und wie es zu diesen Problemen gekommen war, dauerte es noch zwei weitere Tage, bis das Geheimnis des Erfolges von Mugo und mir und der Unzufriedenheit der Kundschaft bei anderen Verkaufsteams gelüftet wurde. Bis es dazu kam, sprach Herr Kaatschii immer nur in den höchsten Tönen von mir und Mugo. »US-Boy, Mugo, das ist wirklich fantastisch, wie ihr den Laden schmeißt. Bei euch brummt der Laden. Die Umsätze stimmen. Wir haben neue Top Results! Bravo! Fantastisch!«

Herr Kaatschii freute sich über die Zahlen, Mugo und ich freuten uns über den neuen Vibe im Restaurant. Innerhalb weniger Tage waren zwischen uns und den Kunden zwar keine Freundschaften entstanden, aber man schien unsere Arbeit wirklich wertzuschätzen. Die Kunden grüßten freundlich, wir grüßten freundlich und immer wieder ergab es sich, dass bereits standardmäßig angerichtete Burger zu lange in der Warmhaltevorrichtung lagen und daher nicht mehr verkauft werden durften, also entsorgt werden mussten. Mugo legte bei Bestellungen von Familien dann manchmal noch die soeben abgelaufenen Brötchen on top aufs Tablett. »Das dürfen wir nicht mehr verkaufen, aber es ist noch einwandfrei. Bitte schauen Sie es sich an! Wenn Sie es noch ansehnlich finden, können Sie es bedenkenlos verzehren. Ansonsten werfen Sie es bitte weg! Hier würde es sonst sowieso nur im Müll landen. Das wäre schade!«

Wenn Mugo und ich an der Kasse standen, wurde alles irgendwie menschlicher im Restaurant, das voller Plastikmöbel stand, in dem bunte Luftballons an der Decke hingen und aus schlechten Boxen aktuelle Popmusik schepperte. Aber insgeheim waren wir schon angezählt. Herr Kaatschii bekam Wind davon, wie wir das Geschäft betrieben, und unser nächstes Gespräch in seinem Büro war gleichzeitig unser letztes.

»Herr Litt, Sie haben Fantasieprodukte verkauft«, schnaufte er.

»Sie haben in den letzten Tagen immer wieder gesagt, dass meine Arbeitsleistung fantastisch ist!«

»Sie haben Fantasieprodukte verkauft. Ist Ihnen eigentlich klar, was Sie da gemacht haben? Ich dachte, gerade Sie als US-Boy müssten wissen, dass Fantasieprodukte in meinem Restaurant ein Ding der Unmöglichkeit sind. Wir liefern ständig gleichbleibende Qualität, aber keine Fantasieprodukte!«

Mugo sagte nichts, Herr Kaatschii sprach ihn auch gar nicht direkt an, weil er Mugo wahrscheinlich sowieso für stumm und taub hielt.

»Herr Kaatschii, es waren doch Ihre Produkte wie immer, die wir verkauft haben. Aber der eine mag keine Gurken, der andere etwas mehr Ketchup. Und die Leute sind glücklich.«

»Sie haben Fantasieprodukte verkauft. Das ist das Schlimmste, was man machen kann! Die amerikanischen Restaurants machen so etwas auch nicht. Und Sie machen mir die ganze Kalkulation kaputt! Wir haben viel zu viele Gurken im Kühlschrank, die nächsten sind aber schon bestellt. Da blickt doch keiner mehr durch! Ich weiß gar nicht, wie ich noch verlässlich die Menge der Saucen berechnen soll, die wir morgen wieder bestellen müssen. Sie haben Fantasieprodukte verkauft und das werden Sie teuer bezahlen. Ich will Sie hier nie wieder sehen. Herr Litt, Sie werden nie wieder bei mir arbeiten. Ich will mit Ihnen nichts mehr zu tun haben.«

Das war es für mich. Mir wurden noch zwei Urlaubstage angerechnet. Ich musste nicht mehr wiederkommen, Mugo konnte bleiben, weil Herr Kaatschii fest davon überzeugt war, dass ich mir das mit den Fantasieprodukten ausgedacht hatte. Mugo und ich beschlossen Kontakt zu halten, aber ich habe nie wieder etwas von ihm gehört. Ein paar Mal, wenn ich am Restaurant vorbeikam, schaute ich, ob ich ihn vielleicht sehen würde. Einmal traf ich einen anderen Kollegen und fragte ihn nach Mugo, aber er konnte sich nur schwach an Mugo erinnern und meinte, er sei zum selben Zeitpunkt wie ich einfach verschwunden. Mugo hatte keine Lust auf Bekanntschaften, ich war froh, ihn getroffen zu haben.

Stadt der Träume

Sensationell hatte ich nicht bei Herrn Kaatschii verdient, aber es reichte für die Reise nach Barcelona und die konnte ich jetzt mit meiner Freundin früher als geplant antreten. Barcelona und alles, was ich damit verband, war ganz offensichtlich auch ein Produkt meiner Fantasie. Schon die Anreise war ein Fiasko. Ich fuhr einen Daihatsu Charade, der unter Autokennern damals als die »schnellste Waschmaschine der Welt« gehandelt wurde. Ein japanischer Kleinwagen, der wahrscheinlich für Distanzen zwischen zwanzig und fünfzig Kilometern entwickelt worden war. Auf Kofferraumhöhe hatte der Daihatsu zwei Bullaugen, was ihm den Waschmaschinenvergleich einbrachte und ein weiteres Indiz dafür war, dass er kein echter Langstreckenwagen war. Außerdem war die Firma Daihatsu gerade erst dabei, den europäischen Markt zu entdecken, und die Bauteile entsprachen der japanischen Industrienorm; einfach mal ein paar Schrauben ersetzen, ging nicht. In einer Zeit ohne Tempolimits schipperten wir mit Tempo 90 in Richtung Katalonien und nach und nach stellten sich Probleme ein. Den ersten brutalen Stopp gab es an der französischen Grenze, weil ich mit meinem amerikanischen Pass ein gültiges Visum benötigte. Also fuhren wir zurück nach Freiburg, wo wir allerdings erst einmal eine Nacht im Daihatsu übernachten mussten, bevor ich ein Visum in der französischen Botschaft beantragen konnte. Anschließend kamen wir gerade mal bis in ein Dorf in der Nähe von Macon und übernachteten dort in einem schlichten Gasthof, dessen Besitzerin mich mit »Herr Hitler« grüßte. Während der nächsten Etappe gab der Scheibenwischer des Daihatsus kurz hinter Lyon den Geist auf. Auf südfranzösischen Straßen herrschte sowieso Ralley-Irrsinn, bei strömendem Regen durch enge Baustellen mit LKWs im Nacken bekam ich Atemnot und Todesangst, aber ich war entschlossen, nicht vom Gas zu gehen, und mir sicher: Nur so und nicht anders kann man sich eine Stadt wie Barcelona persönlich erobern. Je härter die Anreise, desto größer musste die Freude sein, wenn wir irgendwann im Hafen der Stadt einlaufen würden. Aber zunächst galt es die Pyrenäen zu überwinden. Der Daihatsu erwies sich jedoch als wenig gebirgstauglich. Maximal 70 km/h schaffte er noch, ich bezweifelte, dass der Motor überhaupt noch die volle Leistung brachte. Ich dachte kurzfristig über einen Werkstattstopp nach, aber inzwischen ging es nur noch ums nackte Überleben zwischen den LKW, die immer bedrohlicher wirkten und unser bemitleidenswertes Tempo mit immer härteren Hupattacken rügten.

Nach den Bergen waren wir zwar schon auf der Zielgeraden, aber es war sinnvoller, bevor wir endlich in Barcelona ankommen würden, noch einmal in einer anderen nordspanischen Stadt zu übernachten. Wir fassten Figueres, die Heimatstadt von Dalí dafür ins Auge, aber ich fand, die Stadt hatte noch nicht genügend Mittelmeerflair. Wenn schon nicht in Barcelona, dann sollte wenigstens in einem annähernd romantischen Ort direkt an der See übernachtet werden. Wir setzten all unsere Hoffnungen in den Ort Roses. Bevor wir uns nach einer Schlafmöglichkeit umsahen, gingen wir in ein Restaurant im Hafen. Entweder sah man uns unsere Armut an oder aber wir schauten nach dem Höllentrip wie surreales Dalí-Personal aus. Jedenfalls bekamen wir die schlechteste Bedienung, die man sich vorstellen kann. Unsere Situation und die Speisen auf unseren schmierigen Tellern waren zum Heulen. Man wollte uns anscheinend auch nicht in Roses, also fuhren wir am Ende unserer Kräfte dann doch weiter direkt nach Barcelona. Mittlerweile war es schon wieder dunkel und unsere Nerven lagen blank. Aber wir konnten unmöglich aufgeben, wir mussten noch einmal alles aus uns und aus dem Daihatsu rausholen. Weiter Richtung Barcelona! Wir befanden uns wieder auf der Zielgeraden, waren wieder auf einer Küstenstraße, als der Daihatsu anfing, tatsächlich wie eine Waschmaschine im Schleudergang zu klingen, und bedrohlich viele rote Lampen anfingen zu leuchten. Das war in Calella, knapp fünfzig Kilometer vor Barcelona. Mit Mühe und Not bekamen wir die Karre noch bis vor eine Autowerkstatt manövriert, in der, obwohl es mittlerweile schon nach 22 Uhr war, noch Licht brannte. Der Mechaniker sprach natürlich kein Englisch, Französisch oder Deutsch, aber es gelang ihm trotzdem uns verständlich zu machen, dass unser Fahrzeug erstens japanisch sei, dass es sich zweitens in einem desolaten Zustand befände und drittens mindestens drei Tage für die Reparatur draufgehen würden. Wir nahmen unser Gepäck aus dem Kofferraum und schlenderten durch die Straßen Calellas auf der Suche nach einer Bleibe. Wir wollten nach Barcelona, gestrandet waren wir in einer Stadt, in der anscheinend gerade ein großes Volksfest gefeiert wurde. An allen Ecken dröhnte laute Musik und standen Kirmesfahrgeschäfte. Etwas abseits des Trubels entdeckten wir ein etwas heruntergekommenes Hostal, das sogar ansatzweise meiner verklärten Vorstellung von einer altkatalonischen Unterkunft entsprach. Als wir den Empfangsraum betreten wollten, wurden wir von einer Horde gröhlender

Deutscher überrannt. Die Truppe wollte sich offenbar gerade ins Volksfestgetümmel stürzen. Der Chef stand persönlich an der Rezeption, an der unzählige Werbezettel von deutschen Reisebusveranstaltern klebten. Für zwei Nächte wollte er uns zunächst kein Zimmer geben. »Wir vermieten normalerweise sowieso nichts hier vor Ort. Unsere Gäste kommen mit Bussen aus Deutschland und bleiben fünf oder sieben Tage. Dementsprechend sind die Zimmer immer für solche Zeiträume vermietet. Aber ihr habt großes Glück! Ich bin gerade etwas flexibel!«, sagte er lächelnd. Für zwei Nächte zahlten wir die Hälfte dessen, was uns eine Pauschalreise mit Busfahrt, Halbpension und Übernachtung gekostet hätte, wenn wir sie in Deutschland gebucht hätten. Neben der Übernachtung zahlten wir noch für ein einfaches spanisches Frühstück mit Kaffee und Süßgebäck. Am Ende blieben wir zehn Tage in Calella, bis der Daihatsu wieder lief, und zahlten ein Vielfaches von dem, was alle anderen im Hotel für ihre Calella-Tour ausgegeben hatten. Und die hatten von ihrer Reiseleitung auch noch Sangria-Freitickets für diverse Bars geschenkt bekommen. Nach Barcelona fuhren wir an einem Vormittag mit dem Zug. Als ich mir auf der Rambla die Schuhe putzen ließ, klaute mir ein Taschendieb die Geldbörse. Bis auf diesen Ausflug verbrachten wir den restlichen Urlaub am Strand von Calella oder in billigen Tapas-Bars. Wie wir wieder zurück nach Deutschland gekommen sind, habe ich vergessen.

Am Flipper, an der Bar

Nach dieser Reise und den damit heimlich verbundenen Hoffnungen, in Barcelona vielleicht ein völlig neues Leben anzufangen, war es schwierig wieder Fuß im Unialltag zu fassen. Ich studierte Germanistik, um ein Experte für Reiseliteratur und das Werk Thomas Bernhards zu werden. Beides tat mir nicht gut: Speziell die Reisebeschreibungen von Rolf Dieter Brinkmann aus Rom und Hermann Hesse aus Indien erinnerten mich immer wieder an meine verzweifelten Momente in Calella. Von Thomas Bernhards »Gehen« konnte ich bald die ersten zwanzig Seiten auswendig aufsagen, fühlte mich dabei aber wie jemand, der in großer Not stundenlang den Rosenkranz betet.

Mein Geschichtsstudium war eine Erfahrung unterschiedlicher Extreme. Ich besuchte anspruchsvolle Seminare über Wirtschaftsgeschichte genauso wie Nonsens-Veranstaltungen zum Mittelalter, in denen es zum Beispiel um die Spuren der Wikinger an Orten in Dänemark ging, die längst im Meer untergegangen und nicht mehr kartografisch erfasst waren. Immer häufiger suchte ich Erholung von diesen akademischen Wechselbädern am Flippergerät, das in der Cafeteria aufgestellt war. Der legendäre »Firepower« von der Firma Williams wurde zu einem integralen Bestandteil meiner universitären Ausbildung. Ich betrat gegen 9 Uhr die Cafeteria, kaufte mir einen Kaffee, warf eine Münze in den Flipper und hatte um 16 Uhr immer noch 36 Sonderspiele auf dem Display, die ich dann, weil meine Hände schon völlig verkrampft waren, für mindestens drei Münzen an den nächsten Wahnsinnigen verkaufen konnte. In jeder Unicafeteria gibt es ein paar Studenten, die durch ihr stereotypes Auftreten zu einer Art Inventar werden. Ich war der Mann am Flipper und es war an sich ausgeschlossen, dass ich mich mit meinen Auftritten am »Firepower« für höhere wissenschaftliche Herausforderungen empfohlen hätte. Trotzdem bekam ich eine Stelle als studentische Hilfskraft am Lehrstuhl für pädagogische Psychologie angeboten. Ein Bekannter hatte mich dort empfohlen, weil der Professor für die Ausarbeitung einer Studie jemanden suchte, der Computer- und Schreiberfahrung hatte und die Ergebnisse statistischer Berechnungen schriftlich zusammenfassen konnte. Computer waren noch so gut wie gar nicht verbreitet. Die meisten Studenten schrieben ihre Hausarbeiten noch mit der Schreibmaschine, ich besaß bereits einen Computer und war durch meine Redaktionsarbeit gewohnt, damit meine Texte zu verfassen. Ich machte den Job am Lehrstuhl fast zwei Jahre, lernte noch statistische Berechnungen zu machen und rettete ein Dorf in der Sahel-Zone unzählige Male vor dem Untergang, weil ich das pädagogische Simulationsspiel »Hunger in Afrika« bald genauso meisterhaft beherrschte wie den »Firepower«.

Neben dem Studium und dem Job als studentische Hilfskraft schrieb ich weiter für Zeitschriften und Zeitungen. Außerdem legte ich immer häufiger als DJ auf. Der speziellste DJ-Job war der im »Zwischenfall«. Der Laden war seinerzeit mit DJs wie Klaus Maerkert, Oliver Hintzmann und Michael Zöller legendär, weil er als eine der besten Adressen für elektronische Musik galt. Einerseits eine Hochburg der Gothic- und Grufti-Kultur, musikalisch aber durch die DJs so offen, dass man dort bis zu einem bestimmten Zeitpunkt auch guten Indie- und vor allem elektronischen Sound hören konnte. Ich selber habe nie auf dem Mainfloor der oberen

Tanzetage aufgelegt, ich war ursprünglich sogar einfach nur als Barmann für die Kneipe im Erdgeschoss eingestellt worden. Der Besitzer Norbert wohnte schräg gegenüber von mir in Bochum-Langendreer und sprach mich eines Tages auf der Straße an, ob ich Lust hätte, in einem Club zu arbeiten. Ich war gerade dabei, meinem Daihatsu auf einer Roststelle einen weiteren Aufkleber zu verpassen. Die Karre rostete an allen Ecken und Enden und ich klebte auf jedes kleine Loch einen Supermarktsticker, auf dem ein kleines Mädchen zu sehen und der Slogan »Einkaufen, wo es Freude macht!« zu lesen war. Am nächsten Wochenende stand ich mit Norbert hinter der Bar im »Zwischenfall« und verkaufte Drinks. Nebenbei legte ich Musik auf und in der rechten Ecke des Tresens hatte ich nach einigen Wochenenden persönliche Stammkunden. Manche knallten einfach große Geldscheine auf die Theke und bestellten »irgendwas, was reinhaut!« Sie wollten weder Bier noch typische Mixgetränke wie Wodka-Lemon oder Whiskey-Cola. Ich sollte irgendwas zusammenmixen. Fantasiedrinks sozusagen mit Schlag. Ich erfand immer wieder neue Kreationen und dazu passende Namen: »Hubschrauber«, »Turbojet«, »Panzerfaust« waren eher Drinks für Fans elektronischer Musik, Gruftis bekamen von mir »Siebenschwänzige Peitsche«, »Fallbeil« oder »Inquisitor«. Ich bekam gute Trinkgelder und Norbert war zufrieden mit meiner Arbeit. Er bot mir an, den Donnerstag in Eigenregie zu schmeißen. »Du spielst die Musik, auf die du Bock hast, und die Bar machst du nebenbei. Dafür zahl ich dir etwas mehr«, sagte er. Ich konnte meinen eigenen Donnerstagsclub starten und nahm das Angebot natürlich an. Das machte mir so viel Spaß und lief so gut, dass ich die Bar immer schon am Nachmittag aufmachte. Einmal standen schon zwei Leute vor der Tür, bevor ich das Rolltor zum Eingang überhaupt hochgefahren hatte. Ein Hippie, der so aussah, als wäre er gerade von einem Indientrip zurückgekehrt und rein zufällig an der S-Bahnstation Langendreer-West ausgestiegen, und ein Typ mit Seitenscheitel, Lederschlips und einem altmodischen Sakko, der leicht abwesend wirkte. Beide hatten ganz offensichtlich nichts miteinander zu tun, redeten auch nicht miteinander und hatten wohl jeder für sich darauf gewartet, dass ich den Laden endlich aufmachte, damit sie etwas trinken konnten. Sie gingen wortlos an mir vorbei und setzten sich an die Bar. Beide bestellten Bier und saßen dann weiterhin schweigend nebeneinander. Merkwürdigerweise auch nicht mit einem gewissen Abstand zueinander, es waren ja genügend Plätze frei. Ich hatte nicht mit so früher Kundschaft gerechnet und war eigentlich noch dabei, alles für den späteren Betrieb vorzubereiten. Eis auffüllen, Zitronen schneiden, Gläser polieren usw. Ich hatte auch noch gar keine Musik ausgesucht und beschloss daher, vorerst einfach mal das laufen zu lassen, was gerade sowieso im CD-Player lag. Der Hippie holte einen großen Joint aus seiner Steppjacke und paffte zum Bier in tiefen Zügen, der andere Typ zog eine Packung Tabletten aus seiner Innentasche und spülte eine davon mit einem kräftigen Schluck Bier runter. Die Musik im Hintergrund war fürchterlich. Eine psychedelische Musik, die nicht richtig in Fahrt kam. Immer wieder stoppte die Band abrupt und taumelte in pompösen Breaks scheinbar orientierungslos herum, bevor die nächste Strophe begann, die nur wenig an die letzte vor dem Break erinnerte. Ich suchte nach dem Cover und das Artwork sah aus wie komprimierter LSD-Trip. Irgendeine alte Krautrockscheibe, die Norbert wahrscheinlich beim Aufräumen nach dem letzten Wochenende gehört hatte. Ich überlegte kurz, ob ich was anderes auflegen sollte, aber meine beiden Kunden schien die Musik nicht zu stören, sie waren inzwischen beim dritten Bier angekommen, sprachen aber immer noch kein Wort miteinander. Ich ging davon aus, dass sie ganz zufrieden mit dem Vibe an der Bar waren. Der Hippie wippte sogar leicht mit dem Kopf zur Musik, der andere Typ wirkte allerdings noch abwesender als bei seiner Ankunft. Ich machte weiter mit meinen Arbeiten und amüsierte mich innerlich über den miserabel-makabren Sound auf der CD. Als ich alles vorbereitet hatte, setzte ich mich den beiden Jungs gegenüber auf einen Hocker hinter dem Tresen und stieg in das kollektive Schweigen ein. Der nervenzerstörende Sound lief weiter, alle zehn Minuten bestellten die beiden ein weiteres Bier. Der Hippie stürzte seins immer schnell runter, der andere Typ trank in bedächtigen Schlucken und wesentlich langsamer und verharrte in seiner schildkrötenhaften Unbeteiligtheit. Plötzlich nahm ein Break im Musikstück eine unvorhersehbare Wendung. Die Band hatte gerade mal wieder einen kurzen Stop eingelegt, dann fing der Schlagzeuger an, wie ein Irrer auf die Becken einzuschlagen. Es schien so, als wollte er damit einen Platzregen simulieren. Ein Sitarspieler stieg auf das Gerassel ein und begann ein ellenlanges Solo zu spielen. Das brachte den Hippie völlig aus dem Häuschen. Wie elektrisiert zuckte er auf seinem Platz herum und hauchte immer wieder: »Das ist ja geil, Mann, ist das geil!« Der andere Typ sagte gar nichts. Er kramte noch eine Tablette hervor und spülte sie mit einem großen Schluck Bier herunter. Der Schlagzeuger und der Sitarspieler waren immer noch in Fahrt, brauchten anscheinend aber eine kleine Verschnaufpause und spielten etwas langsamer und leiser. Der Hippie bäumte sich auf und rief: »Puh! Das ist geil!« Dann fügte er etwas nachdenklich hinzu: »Ist echt geil. Klingt irgendwie so indisch angehaucht ...«

Der Kopf des anderen Typen drehte sich in Zeitlupe mit starren Augen zum Hippie. Er griff nach seinem Bierglas, trank einen Schluck und sagte: »Klingt irgendwie beschissen angehaucht.«

Der Kopf bewegte sich langsam wieder in die ursprüngliche Position mit Blick in Richtung Regal hinter mir, anschließend wieder Schweigen.

Der Hippie war für Sekunden fassungslos, irgendwelche Gedanken müssen ihm durch den Kopf geschossen sein, seine magische Connection zur Musik hatte er aber ganz offensichtlich verloren. Er bat mich bei ihm abzukassieren, dann verschwand er ohne noch etwas Weiteres zu sagen.

Der andere Typ blieb weiter so sitzen, bis irgendwann Norbert auftauchte. Er grüßte mich kurz und schlug dann dem Typen im Sakko kräftig auf die Schulter.

»Wolfgang, alter Kämpfer! Du auch mal wieder hier!«

»Tach, Norbert«, sagte Wolfgang, der jetzt einen um mindestens 50 Prozent vitaleren Eindruck als in der letzten Stunde machte. »Wollte mal gucken, was hier los ist. Scheiß Musik!«

Als der Name Wolfgang fiel, wurde ich stutzig. Ich hatte so eine Ahnung, dass es sich bei diesem Wolfgang um den Wolfgang handeln könnte, dessen Artikel ich als Kind in Musikzeitschriften gelesen hatte und der nach all den Jahren, in denen es kein journalistisches Lebenszeichen von ihm gab, den Roman »Peggy Sue« veröffentlicht hatte. Es war möglich, es konnte Wolfgang Welt sein, der da an meiner Bar saß. Es musste Wolfgang Welt sein, der ja in »Peggy Sue« auch das »Zwischenfall« und die ganze mir mittlerweile vertraute Umgebung in Bochum-Langendreer beschrieben hatte. Ich erinnerte mich an das Foto von Wolfgang Welt auf dem Cover. Es hatte Ähnlichkeit mit dem Gesicht von dem Typen auf dem Hocker. Er hatte etwas zugenommen. Sein Kommentar auf den psychedelischen Sound war auf jeden Fall ein Satz von der Sorte, für die ich Wolfgang Welt immer verehrt hatte. Bevor ich weiter darüber nachdenken konnte, stellte mir Norbert diesen Wolfgang vor. Und es war Wolfgang Welt. Er war zwischenzeitlich aus der Lebensspur geraten, arbeitete aber nun als Nachtwächter im Schauspielhaus Bochum. Er kam dann regelmäßig zu mir ins »Zwischenfall«, und wie er die Zeit, als ich dort bedient habe, erlebt hat, kann man in seinem Roman *Doris hilft* nachlesen. Wolfgang verließ den Laden aber meistens so früh, um zur Nachtschicht zu gehen, dass er die dramatischsten Momente eines Abends nicht mitbekam und dementsprechend nicht beschreiben konnte. Direkt hinter dem »Zwischenfall«, auf der anderen Seite des Hauses, befand sich eine weitere Bar. Der Laden hieß »Locomotive Breath« nach dem Song von Jethro Tull und wurde von den Besuchern einfach nur »Lok« genannt. Die »Lok« war ein Zug, der immer mit denselben zehn bis zwanzig Passagieren in den Vollrausch jagte. Treffpunkt für alle in Langendreer, die Rock und Alkohol besonders hart bevorzugten. In der »Lok« schepperte es bis kurz vor Mitternacht immer ganz gewaltig. Die Musik war so laut, dass ich, selbst wenn ich die Musik im »Zwischenfall« voll aufgedreht hatte, noch mitbekam, wie lange dort Betrieb herrschte. Zwi-

mir, wie viel Rock-'n'-Roll in einer Redaktion sein muss, um auch über Musik schreiben zu können. Es war laut, es regierte der Rock. Nur im Zimmer des Verlegers herrschte immer eine bedrückende Stille. Er saß an seinem Schreibtisch, die Jalousien heruntergelassen, wie Lieutenant Martin Castillo in der Fernsehserie »Miami Vice«. Ein Mann mit einer schweren Last auf seinen Schultern. Als die Anzeigenkunden auch für dieses Magazin ausblieben, hängte er sich auf. Ab sofort gab es kein Geld mehr für uns. Uwe Deese teilte als Chefredakteur sein letztes Geld mit mir und bot mir an, gemeinsam mit ihm eine Werbeagentur zu gründen. Ich nahm das Geld dankbar an und lehnte das Angebot ab.

Miese Geschäfte

Der nächste Verleger, für den ich gemeinsam mit Benno arbeitete, war aus einem anderen Holz geschnitzt. Der Freitod kam für ihn nicht infrage, er bevorzugte das Leben auf der Flucht. Ein Jahr lang habe ich für sein Magazin gearbeitet. Ungefähr die Hälfte davon hätte ich mir sparen können, weil der Job groteske Züge annahm. An Arbeit war kaum zu denken. Ständig klingelten Leute an, die den Verleger Frankie sprechen, verhaften oder irgendetwas pfänden wollten. Mal war es der Kopierer, für den die Raten nicht bezahlt worden waren. Dann eine Rechnung für Blumen, die Frankie nicht beglichen hatte. Frankie war offiziell wohl pleite, aber irgendwie hielt er das Magazin am Laufen. Ich war sehr naiv damals. Und als Frankie mich fragte, ob ich mit der Bahn zur Druckerei fahren könnte, um die Herstellung des Magazins zu beaufsichtigen, war mir überhaupt nicht klar, was der eigentliche Sinn und Zweck der Reise sein sollte. Frankie brachte mich zum Bahnhof und überreichte mir einen großen, gepolsterten Umschlag. Ich vermutete, dass sich darin irgendwelche letzten, für den Druck benötigten Datenträger oder Fotos befanden. »Bitte übergib dem Herrn Schmachtler von der Druckerei diesen Umschlag. Und grüß ihn ganz lieb!« Ich fuhr stundenlang mit dem Zug nach Süddeutschland und dann mit dem Taxi zur Druckerei, die ziemlich verlassen in der Landschaft lag. Das war hier zwar Bayern, aber die Natur bot den trostlosen Anblick einer österreichischen Manufaktur, die Thomas Bernhard als Schauplatz einer seiner Geschichten hätte dienen können. Ich meldete mich bei einer Sekretärin im Büro an und bat darum, Herrn Schmachtler sprechen zu dürfen. »Das ist aber auf die letzte Minute«, grantelte die Frau mit Bienenkorbdauerwelle. Wenige Minuten später kam Herr Schmachtler in einem grauen Kittel über kurzen Hosen und einem farblich dazu passenden Cordhut auf dem Kopf. Er griff direkt nach dem Umschlag und übergab ihn der Sekretärin. Ich wollte die Grüße von Frankie ausrichten, aber Herr Schmachtler legte einen Arm um meine Schultern und führte mich in die Druckhalle. »Wir haben einfach schon mal mit dem Heft angefangen. Schauen Sie mal, sieht's nicht gut aus?« Er präsentierte mir ein paar Bögen und es gab wirklich nichts auszusetzen. Wir gingen von Maschine zu Maschine, wo sich weitere Bögen stapelten. Alles sah klasse aus, ich freute mich auf die neue Ausgabe unseres Magazins. Dann gingen wir aus der Halle hinaus ins Freie und Herr Schmachtler nahm mich wieder in den Arm. Dass Herr Schmachtler mich schon wieder so nah an sich heranzog, war mir eigentlich nicht recht. Aber er lockerte seinen Griff auch schnell wieder und sagte: »Sag mal, Junge, weißt du überhaupt, was in dem Umschlag ist?«

»Druckunterlagen«, sagte ich.

»Pass mal auf, Junge! Du bist ein netter Kerl. Solche Fahrten kannst du nicht machen für den Frankie! Das muss er selber machen. Ist zwar unwahrscheinlich, dass dich irgendjemand anhält und fragt, woher das Geld in dem Umschlag kommt. Aber du solltest die Kohle von dem nicht durch die Gegend fahren. Ich geb's dir nur mit als guten Rat!«

Ich nahm mir den guten Rat zu Herzen, denn mir war schlagartig klar geworden, dass Frankie, der anscheinend nicht mal mehr die Raten für den Kopierer überweisen konnte, ganz bestimmt genügend Zeit hatte, um dieses Geld – weiß der Teufel, woher er es hatte, vielleicht ja von seiner Oma und völlig legal – selber bei der Druckerei abzuliefern.

Ob Frankie irgendetwas Unsauberes gemacht hat, weiß ich nicht und will es auch nicht behaupten. Aber ich wusste fortan, dass ich nicht mehr für Frankie arbeiten wollte.

Am nächsten Tag verkündete Frankie, dass das aktuelle Heft unsere letzte Ausgabe sein würde. Und ich teilte Frankie mit, dass ich mit dem Job aufhören würde, aber gerne noch meine Honorare für die letzten zwei Monate überwiesen bekommen hätte.

»Du weißt doch, dass ich nichts mehr überweisen kann. Die Konten sind leer«, sagte Frankie und drückte sich die getönte Pilotenbrille, die er rund um die Uhr trug, mit dem Zeigefinger tiefer ins Gesicht.

Bisher war ich immer ruhig geblieben, wenn Frankie aus seinem abgewetzten Chefsessel heraus seine kurzen Statements abgab, nach denen jede Diskussion sofort beendet war. Aber nach dem Gespräch mit Schmachtler und den vergangenen desolaten Wochen in der Redaktion hatte ich genug Wut, um auf den Tisch zu hauen.

»Ist mir völlig egal«, schrie ich. »Die Druckerei hast du auch bezahlt. Nur weiß kein Mensch, woher das Geld kommt. Aber das hätte ich jetzt echt gerne mal gewusst. Sonst finde ich es schon irgendwie heraus. Oder du zahlst mich jetzt gefälligst aus. Die Rechnungen hast du ja auf dem Schreibtisch liegen!«

»Okay, okay«, hauchte Frankie, der mich in diesem Moment an Schlemihl aus der Sesamstraße erinnerte, also den Typ, der immer »Genau« sagt und einem jeden Schrott verkauft.

»Ich hab echt kein Geld für dich!«, meinte Frankie und es klang wie ein Wimmern. Er war mit der Stimme ganz weit oben, dann: Pause. Sekunden später wieder in gefestigtem Ton: »Aber ein Auto!«

Das klang ganz gut. Mein Daihatsu hatte sich gerade für immer verabschiedet. Also sagte ich: »Na ja, da könnten wir drüber reden. Was für ein Auto?« Frankie griff zur Schreibtischschublade und holte ein Mäppchen mit Fahrzeugbrief, Papieren und Schlüsseln raus. Opel, das sah ich sofort.

Frankie hatte sich nun komplett gefangen und schon wieder den Tonfall eines Topverkäufers von Heizdecken und Qualitätsreinigungsmittel drauf, den ich schon so oft bei ihm gehört hatte, wenn er am Telefon große Werbe- und Anzeigengeschäfte für das Magazin abwickelte: »Super Karre. Aber ich konnte mich selber die letzte Zeit nicht drum kümmern. Steht schon 'ne Weile beim Buchenwald. Aber hier guck! Die Papiere sind auf mich zugelassen. Alles einwandfrei. Überlass ich dir! Du hast hier gut gearbeitet. Wir machen den Laden jetzt sowieso dicht. Dann ist es das Mindeste, was ich dir geben kann!« Frankie wurde noch deutlicher: »Opel Kadett D! Der ist echt geil, der hat hinten am Heck so geile Lamellen. Sieht unheimlich sportlich aus. Und dann auch noch in Silber!«

Die Papiere sahen in Ordnung aus und ich dachte: »Jetzt oder nie!« Das war eine gute Gelegenheit, um einen Schlussstrich zu ziehen. Ich schlug ein, nahm die Mappe mit den Schlüsseln und nahm mir vor, dass das unsere letzte Begegnung war. Da ich im Moment ja kein eigenes Auto hatte, konnte ich nur mit dem Taxi oder mit dem Bus zum ca. fünf Kilometer entfernten Buchenwald fahren. Aber Geld fürs Taxi hatte ich nicht und der Bus würde erst wieder in einer Stunde fahren, wie ich an der Haltestelle feststellte. Also machte ich mich zu Fuß auf den Weg. Es war nasskalt, Herbst, es roch schon fast nach Winter. Als ich endlich am Buchenwald ankam, war mir arschkalt. Vor mir stand eine Skulptur. Auf dem Lack des Opel Kadetts hatte sich schon Grünspan angesetzt. Außerdem pappte ein orangefarbener Zettel an der Frontscheibe, auf dem stand, dass das Fahrzeug stillgelegt worden sei. In den coolen Lamellen an den Heckscheiben steckten alte Blätter und Spinnen hatten sich dort eingerichtet. Ich überlegte kurz, ob ich mich noch einmal auf den Weg zu Frankie machen sollte, um ihm die Papiere um die Ohren oder auf die Sonnenbrille zu hauen. Aber mir war klar, dass die Chance, ihn noch im Büro anzutreffen, ziemlich gering war. Anrufen konnte ich ihn auch nicht, es war keine Telefonzelle in Sicht. Ich versuchte, das Beste aus der Situation zu machen, und schaute, ob sich der Schrotthaufen überhaupt noch aufschließen ließ. Das klappte. Ich setzte mich in den klammen Sarg. Das Lenkrad sah aus, als hätte Frankie den Wagen die letzten 156 000 Kilometer durchgehend mit 200 km/h durch die Gegend geheizt und dabei so starken Handschweiß entwickelt, dass die Lederbespannung weggeätzt worden war. Ich steckte den Schlüssel ins Zündschloss, drehte, der Wagen sprang an. Es war zwar irrsinnig und auch nicht erlaubt, aber ich wollte jetzt auf keinen Fall noch einmal anfangen, mit Frankie zu diskutieren. Darum fuhr ich den Wagen einfach zu einer nahe gelegenen Werkstatt eines Bekannten und hoffte, dass man ihn noch so weit hinkriegen konnte, damit ich damit wenigstens ein Stück in die Zukunft fahren konnte.

Über die USA und Spanien ins Radio

Die Mutter meiner Freundin Silke und ihr Lebensgefährte hatten uns eine Reise geschenkt. Wir konnten in die USA fliegen, einige Hotels, Inlandsflüge und Mietwagen hatten die beiden vorab für uns gebucht. Es gab also eine Reihe von Eckpunkten, an denen wir uns orientieren konnten. Aber auch reichlich Spielraum für unsere eigenen Vorstellungen während dieser Zeit. Wir reisten quer durch Amerika und ich begann zu überlegen, ob es eine Möglichkeit gab, meine Mutter - falls sie noch lebte - ausfindig zu machen. Ich nahm Kontakt zu einem Privatdetektiv in Washington D.C. auf. Ich rief ihn an und er schaffte alle zwei Tage neue Informationen heran, gelegentlich schickte er mir per Expresspost seine Arbeitsergebnisse in die Hotels, in denen wir wohnten. Ich zahlte mit meiner Kreditkarte.

Aber der Kommunikationsfluss war für die damalige Zeit vielleicht schnell, insgesamt aber zäh. Die Ergebnisse der Detektivarbeit waren auch recht dürftig und immer, wenn ich ihnen weiter nachging, niederschmetternd. Eine Patentante tauchte auf, die am Telefon aber nicht mit mir sprechen wollte. In der Kirche, in der ich getauft worden war, stand mein Name im Register. Allerdings mit einem weiteren Vornamen, der mir bis dahin nicht bekannt gewesen war. Michael Neil Litt steht in meinem Pass. Dass ich außerdem auch noch Christopher mit Vornamen hieß, wusste ich vorher nicht. Die WDR-Redakteurin Gabi Kraiczek, die ich ein paar Jahre zuvor während eines Urlaubs in Griechenland kennengelernt hatte, hatte mir damals empfohlen, meine Geschichte in Begleitung eines Fernsehteams aufzuarbeiten. Ich hielt nichts von der Idee und war in der Kirche erst recht froh, dass ich so etwas nie in Erwägung gezogen hatte. Als ich zum ersten Mal mit dem neuen Namen konfrontiert wurde, brach ich zusammen. Wer in halbwegs geordneten Familienverhältnissen aufgewachsen ist, wird sich kaum vorstellen können, was es auslöst, wenn der eigene Name plötzlich mit Unklarheiten behaftet ist und Fragen aufwirft. Für mich war bis zu diesem Moment der eingetragene Name im Pass ein unerschütterlicher, unverrückbarer Fakt meiner Identität gewesen. Im Taufregister war kein Michael Neil Litt registriert, da war nur der Name Michael Christopher Litt verzeichnet. Der Priester erklärte mir, dass der Taufname in den USA nicht zwingend der Name sein muss, der schließlich amtlich beurkundet wird. Die ganze Sache hat mich ziemlich mitgenommen. Silke und ich reisten weiter kreuz und quer durch die USA, alle paar Tage meldete sich der Privatdetektiv. Die Telefonnummern und Informationen, die er mir übermittelte, brachten wenig neue Erkenntnisse, die Honorare allerdings stiegen. Als wir auf Key West landeten, hatte ich vorerst die Nase voll von weiteren Nachforschungern. Nachdem wir in Florida nachts überfallen und die Reifen unseres Mietwagens zerstochen worden waren, gab ich das Graben in der Vergangenheit auf.

Zurück in Deutschland war Leere. Keine Ideen für die Zukunft, die jetzt beginnen musste. Leere auf dem Konto nach all den Ausgaben in Amerika für Hotels und den Privatdetektiv. Ich rief den Fechenemahn an. Ein Freund, mit dem ich schon die merkwürdigsten Jobs gemeinsam gemacht hatte und der seinen Spitznamen »Fechenemahn« bekommen hatte, als er nachts in einer türkischen Putzkolonne Bundesbahnzüge gereinigt hatte und ihm der Chef der Kolonne den Posten am Besen zum »Ausfegen« der Waggons zugewiesen hatte: »Du Fechenemahn!«

Der Fechenemahn hatte einen Tipp für mich. »Mein spanischer Freund Pedro hat gerade ein neues Restaurant eröffnet. Ich glaube, er sucht Küchenkräfte. Ruf ihn mal an!«

Ich rief Pedro an und bekam einen Vorstellungstermin.

»Hallo, ich bin Mike und ich spüle auch gerne.« Ich suchte einen Job, ich bekam den Job.

Ich spülte im Restaurant »Coco Loco« nahe der »Zeche Bochum« und wurde bald Aioli-Chef. In einem riesigen Eimer durfte ich die Aioli-Creme anmischen und sollte dabei einem Rezept folgen, das am Kühlschrank angebracht war. Die Anzahl der Knoblauchzehen und Salzscheffel erschien mir nicht würzig genug. Ich verdoppelte die Knoblauch- und Salzanteile und erhöhte die Zitronensaftmenge um etwa dreißig Prozent. Die Aioli schmeckte so wesentlich würziger, und seitdem ich die Rezeptur korrigiert hatte, steigerte sich der Getränkeumsatz um die Hälfte.

Wenn ich nicht im »Coco Loco« arbeitete, jettete ich häufig nach England oder in die USA, wo ich Interviews mit Popstars führte, um weiterhin als freier Journalist im Geschäft zu bleiben. Dieter von Ballyhoo und sein Kollege Gregor, die damals noch für die Plattenfirma Virgin tätig waren, vermittelten mir oft gute Interviewtermine, deren Aufzeichnungen ich hinterher Zeitungen und Zeitschriften anbieten konnte. Ein paar Tage lang war ich unterwegs in Paris, London oder Los Angeles. Dann stand ich wieder in der Küche vom »Coco Loco«, mixte Aioli, räumte die Spülmaschine ein und aus und stritt mich mit einem Kollegen, dessen Kleidung an ein chinesisches Feuerwerk erinnerte. Er hieß Hermann, war stark zuckerkrank und fand meine Aioli viel zu salzig. »Mann, ich trinke nach deiner Aioli so viel Bier! Das tut meiner Gesundheit überhaupt nicht gut«, fluchte er und verlangte von Pedro, dass ich umgehend nur noch für die Spülmaschine und die Bratkartoffeln verantwortlich sein dürfte. Aber Pedro schätzte meine Aioli und ließ mich weitermachen. Im Restaurant lief Abend für Abend das Album »Protection« von Massive Attack, in der Küche schepperte ein altes Kofferradio. Bis zum 1. April 1995 war das, was da aus dem Lautsprecher kam während der Arbeit, eher Begleitgeräusch. Dann änderte sich das schlagartig. Auf der Frequenz, die wir immer eingeschaltet hatten, sendete plötzlich ein neuer Sender: »1Live«. Ein einziger Abend in der Küche mit diesem Sender reichte, um mich wieder fürs Radio zu begeistern und mir vorzunehmen, es bei nächster Gelegenheit auch als Autor beim Radio zu versuchen. Nachdem die Küche am Ende des Tages aufgeräumt war, ging ich an die Bar im Restaurant. Der Laden war schon geschlossen, aber Pedro stand noch hinterm Tresen. Davor saß sein Steuerberater, der ein ausgewiesener Technikfreak war. Er kannte alle neuen Kassensysteme, er besaß schon ein koffergroßes Mobiltelefon, beiläufig erwähnte er, dass er sich gerade einen tragbaren DAT-Rekorder angeschafft hätte. »Damit kannst du Aufnahmen machen, die so klingen, wie wir uns gerade unterhalten. Absolut echt! Nicht so verrauscht wie auf einem Anrufbeantworter oder einem billigen Kassettenrekorder. Absolut original! Radioqualität! Das ist Hightech!«, schwärmte er. Ich hatte von der neuen Technik gehört, aber sie war für mich unbezahlbar. Aber ich wusste, dass DAT eine Einstiegsmöglichkeit zum Radio sein konnte. Nachdem er das Restaurant verlassen hatte, fragte ich Pedro, ob er seinen Steuerberater fragen könnte, ob der mir das Gerät für ein paar Tage leihen würde. Pedro wollte wissen, warum und wieso. Ich erzählte ihm, dass ich in zwei Wochen nach London fliegen würde, um den Chef der Band Soul II Soul zu interviewen. Wenn ich das Interview mit dem DAT-Gerät aufzeichnen könnte, hätte ich eine Chance, das beim Radio anzubieten. Pedro setzte sich für mich ein und ich bekam das Gerät. Ich bot das Interview bei 1Live an und bekam in Aussicht gestellt, dass ich einen Radiobeitrag machen könnte. Bevor ich den Soul-II-Soul-Beitrag in Angriff nehmen konnte, bekam ich von 1Live allerdings noch einen anderen Auftrag. Man plane dort, in ein paar Tagen einen Mitschnitt von einem Konzert der Smashing Pumpkins aus Chicago zu senden, und suche einen Journalisten, der das Konzert live erlebt hat. Der Moderator Thomas Guntermann hätte meinen Namen ins Spiel gebracht. Das Studiogespräch lief ganz gut, mit dem Beitrag zu Soul II Soul wurde es schwieriger. Ich produzierte ihn im Landesstudio Essen und von dort aus wurde das Ergebnis nach Köln geschickt. Nachdem ich ein paar Tage später immer noch nichts von der 1Live-Redaktion gehört hatte, rief ich dort an und wurde mit dem damaligen Musikchef Jochen Rausch verbunden. Ich fragte, ob mein Beitrag angekommen sei, und er meinte, ich solle mal einen Moment dranbleiben. Ich hörte, wie er schrie: »Hat irgendeiner von euch den Soul-II-Soul-Beitrag von einem Mike Litt gehört?« Stille! Dann eine Stimme aus dem Off: »Ist prinzipiell ganz gut, aber der Typ kann nicht sprechen!« Stille, Knacken in der Leitung, dann: »Hallo?? Ja, der Beitrag ist wohl angekommen, aber wir müssen uns den noch mal anhören. Ruf doch nächste Woche noch mal an! Tschau!«

Autsch! Unterbewusst hatte ich schon geahnt, dass man mich beim Radio nicht mit offenen Armen empfangen würde, jetzt war ich Zeuge geworden, welche Vorbehalte gegen mich im Raum standen. Ich hatte eine Kopie vom Mitschnitt und hörte sie mir in Ruhe an. Meine Texte hatten keinen Rhythmus, außerdem lispelte ich extrem stark. Ich beerdigte den Traum umgehend, jemals fürs Radio arbeiten zu können, und stellte mich auf eine Zukunft in der spanischen Küche ein. Am nächsten Tag rief mich aber schon wieder Jochen Rausch an. »Pass auf«, sagte er. »Das klingt nicht so ganz, wie wir uns das vorstellen, aber ich sehe da noch Luft nach oben. Komm mal für zwei Wochen zu uns in die Redaktion. Vielleicht kann man da was machen.«

Der Redakteur Holger Knocke kümmerte sich um mich. Holger fand mein Lispeln zwar auch nicht gut, aber ermutigte mich: »Bevor du deine Persönlichkeit zurücknimmst, lispel lieber kräftig ins Mikrofon! Persönlichkeit ist mehr wert als die Norm!« Als ich Holger am Ende der Hospitation mitteilte, dass ich fest entschlossen sei, Moderator zu werden, guckte er verwundert. Dann sagte er: »Du musst es wissen!«

Nachdem ich den Soul-II-Soul-Beitrag zwanzig Mal überarbeitet und neu eingesprochen hatte, wurde er gesendet. Danach gab's weitere Aufträge.

Radiobegegnungen

Die Spice Girls nannten mich beim Interview Elvis und verarschten mich eine Stunde lang. Björk hat mir einen Kaffee serviert. Das Pulver knirschte mir noch Stunden später zwischen den Zähnen. Ich machte aufwendige Reportagen, für die ich mir das Musical »Starlight Express« 100 Mal anschaute und nachts schlecht davon träumte, für die ich ganze Wochenenden mit durchgeknallten Autofreaks auf Ackerlandschaften in Ostwestfalen verbrachte, um zu verstehen, was die Faszination von Stockcarrennen ausmacht, und für die ich bis nach Nordnorwegen flog, um für zwanzig Sekunden einen Wal aus dem eisig kalten Wasser des Polarmeeres auftauchen zu sehen. In einem Jahr flog ich drei Monate lang nonstop durch Europa, um von den besten Partyhotspots der Saison zu berichten. Bei diesen Jobs war ich oft viel einsamer, als ich es an Heiligabend als »einsamster DJ der Welt« je sein könnte. Ich bekam überall Zutritt, lernte fremde Menschen kennen und konnte für eine Weile in ihr Leben blicken, aber blieb dabei doch immer auf Distanz, schon alleine durch das Mikrofon, mit dem ich alles aufnahm und das zwischen mir und den Interviewpartnern die Grenze markierte. Trostlose Tage am bulgarischen Goldstrand, brüllende Hitze auf Zypern, schlaflose Nächte bei Mitternachtssonne im nordnorwegischen Tromsö, wenig Luft in unzähligen ranzigen Hotelzimmern in England und der Muff im Kostümraum einer Musicalproduktion, bei der die Darsteller schwitzen wie Stierkampfbullen – es gibt angenehmere Dinge beim Radiomachen, aber über die anstrengenden Momente lässt sich gut erzählen, wenn man wieder im Sender ankommt. Manchmal kommen E-Mails, wenn Hörer das Gefühl hatten, bei einer Geschichte dabei gewesen zu sein. Die meiste Post kommt aber zu Weihnachten. An Heiligabend stapelweise, das ist nicht übertrieben. Weil ich dann, wie viele Menschen denken, an dem entlegensten, bizarrsten Ort bin, an dem man nur sein kann an so einem Abend. Ich habe Aktenordner voller Mails, früher auch Faxe, und Briefe, die Hörer sogar schon Tage vor der Show an den einsamsten DJ der Welt schreiben. Aber das meiste kommt natürlich während der siebenstündigen Sendung. Viele schreiben jedes Jahr, immer wieder. Viele melden sich auch einfach nur kurz im Gästebuch auf der Website des Senders, um mich wissen zu lassen, dass ihnen die Sendung mit dem einsamsten DJ der Welt gefällt und sie gerade mit ihm sind.

Aber dann gibt es auch immer wieder Menschen, die anscheinend eine langfristig angelegte Brieffreundschaft mit mir aufbauen möchten.

Da ist zum Beispiel einer, der mir regelmäßig in einer ziemlich krakeligen Kinderhandschrift schreibt, dass ich mal einen Logopäden aufsuchen soll. Meine Aussprache sei nicht ganz sauber. Mal kommt die Empfehlung per Postkarte, dann wieder auf kariertem Schulheftpapier, das nächste Mal auf grob zurechtgerissenem Pappkarton. Aber was soll ich machen? Es gibt keinen Absender, dem ich antworten könnte. Ich gebe mir Mühe, klar und deutlich zu sprechen. Aber wenn ich vor dem Mikro stehe und das Rotlicht angeht, kann ich nur so sprechen, wie ich spreche. Alles andere wäre doch auch unfair meinen Zuhörern gegenüber. Wenn ich die mal persönlich treffe, möchte ich doch auch, dass sie mich auf eine natürliche, ihnen eigene Art und Weise anreden. Dafür nehme ich gerne in Kauf, dass mich dieser Mensch immer wieder mal auffordert, endlich einen Logopäden zu besuchen. Nach der fünften Aufforderung habe ich mich gefragt, ob da vielleicht ein Logopäde Werbung für sich macht. Aber das kann nicht sein. Mir wurde nie eine spezielle Praxis empfohlen. Als hätte der mysteriöse Schreiber meine Gedanken erraten, kam im nächsten Brief der zweckdienliche Hinweis, ich sollte mich mal in den Gelben Seiten nach einem Logopäden in meiner Nähe umsehen.

Eines Tages bekam ich ein Kuvert, auf dem kleine Glitzersternchen klebten. Im Brief standen nur wenige Sätze, am Ende war ein mit Lippenstift aufgepresster Kussmund zu sehen. Darunter stand: »Ich liebe dich – Melanie!« Mir wurde kurz und knapp mitgeteilt, dass Melanie und ich zusammengehören und ich sie bald noch näher kennenlernen würde. Nach zwei Wochen bekam ich einen weiteren Brief, der vom Design ganz ähnlich war. Zum Schluss gab's wieder einen Kussmund und die versöhnlichen Worte der Liebe. Im oberen Teil des Briefes klang Melanie aber schon etwas barscher. Sie könne sich beim besten Willen und bei aller Liebe nicht erklären, warum ich mich nicht bei ihr melde. Es folgten weitere Briefe, immer kurz und knapp. Ich antwortete nicht, ich legte die Briefe einfach zur Seite. Dann kam die erste Mail von Melanie. Ziemlich lang, ausgedruckt so um die vier oder fünf DIN-A4-Seiten. Aus der Signatur ging hervor, dass Melanie bei einer Behörde arbeitete. In der Mail wurde Melanie auch konkreter, was unsere Beziehung anging. Sie hätte einen ganz genauen Riecher dafür, schrieb sie, dass ich mich unter dem Einfluss von zwei bösen Frauen befände. Es sei sicherlich keine leichte Zeit für mich, aber sie sei willens und bereit, mich auf jeden Fall aus dieser unangenehmen Situation zu befreien. Nach dieser ersten Mail bekam ich täglich Nachrichten von ihr. Sie war verdammt sauer, dass ich ihre Hilfe nicht annehmen wolle. Ihr sei völlig klar, dass da eine ganz besondere Verbindung zwischen uns bestünde, und ich müsste jetzt nur noch meinem Herzen einen Ruck geben. Sie würde mich lieben, wie mich noch keine Frau geliebt habe, versprach sie mir. Die Sendung »Klubbing« findet ab 23 Uhr immer vor Publikum statt. Als DJ Larse und ich an einem Abend ausschließlich aus dem Studio und ohne Gäste sendeten, ging ich kurz zur Toilette. Als ich zurückkam, stand eine Frau, ca. Ende 40, mit einem grell geschminkten Mund neben Larse, der leicht verunsichert wirkte. Sie strahlte mich an. Dann übergab sie mir einen Umschlag voller Briefe und wollte mich umarmen. Ich weiß gar nicht mehr genau, wie wir die Frau wieder loswurden, aber vom Pförtner erfuhr ich, dass sich die Frau als eine nahe Verwandte ausgegeben hatte, die mir dringend wichtige Unterlagen vorbeibringen müsse. Makaber an dieser Geschichte war, dass ich Melanie bereits kannte. Monatelang hatte sie immer in der ersten Reihe gesessen, wenn wir die »Klubbing«-Lesung mit Autorinnen und Autoren vor Publikum live aus unserem »Salon« sendeten. Sie lächelte mich starr Woche für Woche an, und was mir aufgefallen war, war immer dieser dick aufgetragene Lippenstift. Ab jetzt hatte Melanie Hausverbot. Mails bekam ich noch monatelang von ihr. Gelegentlich auch Briefe. Irgendwann hörte der Spuk auf.

Musikkassetten fand ich auch öfter in meinem Postfach. Ein paar davon habe ich mir angehört und es waren echte Herausforderungen. Es waren Mixe, die aus zwei Spuren bestanden. Auf einer davon waren immer Sendungen von mir zu hören, auf der zweiten Spur wurden Musiken wild darübergemixt, ohne dass irgendein Rhythmus oder Konzept zu erkennen war. Kakofonien im besten Sinne, die man sich nicht entspannt anhören konnte. Eines Abends am Ende einer »Klubbing«-Lesung in unserem »Salon« kam ein Mann auf mich zu und umarmte mich fest. Er sagte mir, dass er sich normalerweise nicht aus dem Haus trauen würde. Er habe ständig diese Angstzustände und es sei für ihn eine regelrechte Qual, auf andere Menschen zu treffen. Aber meine Sendungen, die würden ihn beruhigen. Er würde die Shows auch oft aufnehmen mit seinem Kassettenrekorder und dann noch einmal neu abmischen. Er hätte mir davon auch schon ein paar Kassetten zugeschickt, sei sich aber nicht sicher, ob die jemals bei mir angekommen seien. Mir war sofort klar, um welche Mixe es ging. Er hatte Dancesendungen von mir aus der Show »Partyservice« mit seinen eigenen Sounds gemixt, ebenso die ruhigere Sendung »Rock Chill Out«, aber eben auch »Klubbing«, wo Larse die Musik auflegt. Er kam dann auch regelmäßig zur Live-Lesung in den »Salon« und ich bemerkte, dass er in der

Stunde, wenn Larse Musik auflegte, gleichzeitig Kopfhörer in die Ohren gestöpselt hatte. Also im Grunde genommen verfolgte er das Prinzip seiner hausgemachten Kassettenmixe bei uns im »Salon« auf einer Art Liveebene. Inzwischen besucht er uns nur noch sporadisch. Manchmal sieht man ihn monatelang nicht, dann taucht er wieder auf. Ich hoffe, es geht ihm gut. Ich beneide ihn nicht.

Es gibt ein paar solcher Leute, mit denen ich eigentlich mal darüber sprechen müsste, warum ausgerechnet ich derjenige bin, von dem sie sich anscheinend so angesprochen fühlen, dass sie mir seitenlange Briefe schreiben. Ich meine das nicht böse oder abschätzig. Ich würde einfach nur gerne wissen, was meine Stimme bei ihnen auslöst, dass sie sich hinsetzen und mir ihre Geschichten erzählen. Zwei sind in psychiatrischen Anstalten. Der eine wandelt auf den Pfaden Buddhas und beschreibt mir immer wieder seine neuesten Erkenntnisstände. Ich habe den Eindruck, er dreht sich im Kreis. Aber geht's nicht gerade auch im Buddhismus um die Kreisläufe des Daseins? Ich versuche diese Briefe aufmerksam und konzentriert zu lesen und etwas für mich herauszuziehen. Aber das gelingt mir nicht wirklich. Warum er mir immer wieder schreibt, darauf bekomme ich keine klare Antwort. Und ich weiß nicht, was ich antworten soll.

Der andere hat das Gefühl, sein Leben verwirkt zu haben, und setzt alle Hoffnung darauf, als DJ Karriere zu machen, um so seine Freundin zurückzugewinnen. Aber die Hoffnung darauf ist sehr klein, da ihm die Ärzte in unregelmäßigen Abständen mitteilen, dass er die Klinik vorerst nicht verlassen darf. Er fragt mich dann, ob ich etwas für ihn tun könne. Aber ich weiß nicht was.

Es gibt ein paar solcher Briefeschreiber, deren Botschaften und Nachrichten sich kaum oder überhaupt nicht in wenigen Sätzen zusammenfassen lassen. Einer führt mit mir eine einseitige Diskussion über Technomusik der 90er-Jahre mit Ausbrüchen in private Befindlichkeiten, die ich weder beurteilen noch nachvollziehen kann. Von diesen Extremfällen abgesehen bekomme ich aber auch viele aufgeräumte und freundliche Mails. Ich versuche immer zu antworten. Nur am Heiligabend schaffe ich das nicht.

Einsame Klasse

Irgendwas gibt es in Köln ja immer zu feiern und ich weiß nicht mehr, warum ich in diese überfüllte Kneipe in der Südstadt stolperte. Dröhnende Musik, unzählige Gespräche, die von nebeneinanderstehenden oder auf Barhockern sitzenden Menschen geführt wurden. Immer zwei Menschen in ein Gespräch vertieft, während es um sie herum so scheppert, dass doch an ernst zu nehmende Unterhaltungen gar nicht zu denken ist. So ist Köln: Ganz viele machen zu zweit unter ganz vielen ihr Ding. Ich stand alleine in dieser Kneipe und bekam plötzlich einen dumpfen Schlag in den Rücken. Ich drehte mich schnell um und sah den Korpus einer riesigen Gitarre mit zwei Beinen. Natürlich war die Gitarre auf den Rücken einer Person geschnallt, aber den Träger oder die Trägerin konnte ich nicht sehen, ich sah nur den Gitarrenkorpus. Der war größer als der einer normalen Gitarre, der ging schon eher in Richtung Kontrabass und war durchgehend mit kleinen, aufgemalten

Blumen verziert. Weiße Blümchen auf schwarzem Grund. Ich war fasziniert davon, wie gleichmäßig sich diese Blümchen verteilten, und fragte mich, ob sie vielleicht gar nicht gemalt, sondern gedruckt waren, als mir diese gigantische Gitarre durch eine Drehung der sie tragenden Person direkt ins Gesicht schlug. Bumm! Nicht, dass ich k.o. gegangen wäre, aber der Schlag hatte gesessen. Die Person drehte sich noch einmal und ich bekam einen weiteren Hieb ins Gesicht. Wenn ich alleine in Kneipen oder auf Parties bin, bin ich eher schüchtern und schnell bereit, alles über mich ergehen zu lassen, anstatt mich zu Wort zu melden und mein Recht auf Respekt einzufordern. Aber jetzt war ich drauf und dran, so an dem Instrument zu reißen, dass ich endlich sehen konnte, wer sich dahinter verbarg. Aber dazu kam ich nicht. Die lebendige Gitarre drehte sich von alleine um die Achse, ich bekam noch mal eins ins Gesicht und dann blickte ich in zwei strahlende, dunkelblaue Augen. »Hola«, sagte eine Frau, über der nun das obere Drittel des Instruments ragte. Das war auf dieser Seite ebenfalls voller Blümchen. Die Lippen der Frau waren rot, die Augen groß und tief, das Gesicht umrahmt von schulterlangen Haaren, die unnatürlich blond, fast weiß glänzten. »Hola«, sagte dieses unwirkliche Wesen noch einmal zu mir. »Warum stehst du mir so im Weg? Das ist ein wertvolles Instrument auf meinem Rücken! Du solltest etwas aufpassen! Ich passe ja auch auf!« Ich blickte in das Gesicht und war mir unsicher, ob diese kleine Frau, die da vor mir stand, eine besonders schöne Frau oder ein unwirkliches, fremdes Wesen war.

»Ich heiße Constantina Da Chimenea!«, sagte sie mit einem stolzen Ton. »Du stehst da gerade so günstig an der Bar. Kannst du mir bitte einen Rhabarbersaft bestellen?«

»Ja, gerne«, sagte ich und war ziemlich durcheinander. Rhabarbersaft! Ich bestellte für mich einen Gin Tonic und den Saft für Constantina.

Wir stießen an und kamen ins Gespräch. Sie sei eine Künstlerin und spanischer Herkunft. Mit ihrer Kunst – es seien im Grunde genommen zwei Künste: die Malerei und die Musik – wolle sie in Köln groß rauskommen.

»Ich spiele auf eine besondere Art und Weise Gitarre. So spielt sie niemand außer mir! Sehr minimal! Und wie ich male, das siehst du ja auf der Gitarre.«

»Die Blumen sind ganz großartig«, sagte ich. »Hast du dafür eine Schablone?«

Ihre Augen blitzten gefährlich.

»Estampa ... Vineta!!! Pah!«

»Ja, sorry, ich dachte nur ... die sehen alle so gleich aus«, stammelte ich.

»Wie heißt du? Michael Jackson? Darf ich mal deinen Namen wissen?«

»Mike. Ich bin Mike ...«

»Ich bin dir nicht böse, dass du meine Kunst nicht verstehst«, sagte Constantina versöhnlich. »Bestell mir bitte noch einen Rhabarbersaft!«

Wir redeten nicht mehr über Kunst, sondern nur noch über Ernährung. Ich trank noch mehr Gin Tonic, Constantina noch sieben Rhabarbersäfte. Und irgendwann wollte ich nur noch halbwegs gerade aus der Kneipe stolpern.

»Adios, Constantina! War mir eine Ehre, dich kennengelernt zu haben«, lallte ich, nachdem ich meinen Deckel bezahlt hatte.

»Moment mal«, fuhr sie mich an, wobei sie mich am Ärmel ganz nah an sich heranzog. »Moment mal, Ratoncito!«

Zwischen ihren und meinen Augen war gerade Platz für eine Zigarettenschachtel. Unsere Nasenspitzen berührten sich, ich konnte ihren Atem spüren.

»Ratoncito«, hauchte sie nun. »Ratoncito … ich will dich küssen.«

Ich war nach dem ganzen Gin nicht mehr Herr meiner Sinne, ich war erschöpft, mir war nicht nach Küssen. Aber da spürte ich schon die Hitze von Constantinas Lippen auf meinen. Ihr Mund legte sich auf meinen. Ich schmeckte nach der stundenlangen Bitterkeit von Gin Tonic: Rhabarbersaft.

Constantina küsste mich minutenlang, bis sie den Griff lockerte.

Ganz sanft sagte sie: »Miguel, ich würde dich gerne wiedersehen!« Dann zog sie ein Kärtchen aus der Innentasche ihres roten Blousons. Ich nahm es und wankte hinaus.

In dieser Nacht schlief ich im Hotel und kurz bevor ich das Licht ausschaltete, schaute ich mir ihre Visitenkarte noch einmal an:

Constantina Da Chimenea
Artist
Musica/ Pintura
Tel.: 0177 XXXXXXXXXXXX

Am nächsten Morgen musste ich sofort an Constantina denken. Ich erinnerte mich vage an unser Gespräch in der Kneipe und den Abschluss. Ich erinnerte mich daran, dass ich sie eigentlich nicht hatte küssen wollen, dass es aber zum Abschied diesen leidenschaftlichen, aufwühlenden Kuss gegeben hatte. Ich erinnerte mich an den Geschmack von Rhabarbersaft.

Ich griff sofort nach dem Telefon und rief sie an.

Sie sei in ihrer Künstlerwohnung und freue sich, dass ich sie anrufe, sagte Constantina. Ich könne gerne vorbeikommen und ihre Kunst begutachten.

Ich hätte frühstücken und einen klaren Kopf bekommen sollen, aber ich dachte nicht lange nach und duschte mich, um mich dann umgehend auf den Weg zu der Adresse zu machen, die Constantina mir genannt hatte.

Sie wohnte in einer 25 Quadratmeter kleinen Wohnung mitten in der Innenstadt von Köln, fünfte Etage. Als ich ihre Wohnung betrat, hatte ich ein Déjà-vu. Überall sah ich die Blumen, die auch den Korpus ihrer Gitarre schmückten. Die ganze Wohnung, Türen, Wände, Türgriffe, Klodeckel, Telefon - alles war verziert mit den kleinen weißen Blümchen. Bisher war der Tag grau gewesen, kein Sonnenschein, das übliche Grau in Grau ... In dieser Wohnung traf mich ein großer, greller Blitz, der sich aus Zigtausenden kleiner Blüten zusammensetzte. Strahlendes Blütenweiß - wie ein Strahl, tatsächlich aber zusammengesetzt aus unzähligen Blütenpixeln. Ich konnte diesen gewaltigen Eindruck gar nicht verarbeiten. Constantina zog mich in ihre Schlafecke, in der ein hölzernes, antikes Himmelbett stand, auf dem dunkelrote Decken und Kissen lagen. Constantina schubste mich auf die Matratze. Sie verschwand kurz, kehrte mit der monströsen Gitarre zurück und setzte sich neben mich aufs Bett. Ich roch ihren Atem - noch immer lag ein Hauch von Rhabarbersaftduft in der Luft, ich hatte wahrscheinlich noch immer eine Gin-Tonic-Fahne.

Sie begann auf ihrem Instrument zu spielen. Ich erwartete etwas in Richtung Flamenco, aber sie spielte ganz langsam und monoton. Natürlich, sie hatte ja angedeutet, dass sie die Gitarre eher »minimal« spiele. Constantina spielte eine Ewigkeit lang für mich. Es war hypnotisch, ich hörte gebannt zu und bewunderte sie. Ich konnte die Kunst ihres Gitarrenspiels nicht ganz begreifen, es kam mir relativ schlicht vor. Aber bevor ich ihr Können überhaupt in Frage stellte, beschloss ich, dass es die wunderbarste Musik war, die ich je gehört hatte. Ich weiß wirklich nicht mehr, wie lange sie immer dieselben zwei Töne für mich spielte, als sie plötzlich und fast brutal einen ganzen Akkord schlug:

»Miguel, ich möchte dich tätowieren!«

»Warum denn?«, stöhnte ich. »Und was für ein Motiv?«

»Eine weiße Blume! Das würde zu dir passen, denn du bist ein guter und reiner Mann! Ich besitze eine spezielle Tätowierfarbe … Weiß kann man eigentlich nicht tätowieren, aber meine Farbe macht das möglich.«

»Nein, nein … ich wollte mir mal eine rote Rose tätowieren lassen in Barcelona. Aber ich hab's dann doch nicht getan. Ich weiß nicht … lieber nicht. Müssen wir noch einmal drüber reden.«

»Ich bin sehr enttäuscht von dir! So ein Angebot mache ich dir so schnell nicht wieder. Merk dir das!«

Sie sprang vom Bett, verschwand für ein paar Minuten und kam in einem hochgeknöpften, schwarzen Overall zurück.

Dann jagte sie mich aus der Wohnung. Ich sei ein armseliger Hund, den sie nur aus Mitleid in ihre Wohnung gelassen hätte, rief sie mir hinterher.

Drei Minuten später klingelte mein Telefon. »Es tut mir leid, Ratoncito«, weinte Constantina am Telefon. Ich sollte bitte wieder zu ihr in die Wohnung kommen.

Ich ging zurück und wir tranken zunächst eine Tasse Tee

zur Versöhnung. Dann setzten wir uns auf ihr Sofa und sie holte wieder ihre Gitarre. Im Grunde genommen wiederholte sich alles. Endlos lang spielte sie wieder zwei, drei Töne für mich, sie schlug wieder vor, mich zu tätowieren, ich lehnte wieder ab, sie warf mich wieder raus.

So ging das wochenlang. Rauswurf, Versöhnung, Gitarre und so weiter und von vorne. Weil ich mich nicht tätowieren ließ, bemalte Constantina etliche Leinwände mit weißen Blumen. Die ganze Wohnung stand voller Staffeleien. Manchmal blickte sie um sich, nahm eine Leinwand ins Visier, ging ganz nah ran und bat auch mich näher zu treten: »So könntest auch du aussehen, mein kleiner Ratoncito. Wie ein Blütenmeer.«

Ich verweigerte mich, die Blüten in ihrer Wohnung sprossen trotzdem immer weiter und zwischen uns entwickelte sich so etwas wie eine Beziehung. Wir sahen uns täglich, aber immer gegen acht Uhr abends verzog sich Constantina mit ihrem Telefon ins Bad. Zunächst fragte ich nicht weiter nach. Irgendwann wollte ich wissen, mit wem sie da telefonierte, ohne dass ich es direkt mitbekommen durfte.

»Das ist mein Bruder in Spanien! Er will wissen, wie es mir hier in Deutschland geht!« Das klang für mich zunächst plausibel. Aber immer häufiger kam Constantina weinend aus dem Badezimmer nach diesen allabendlichen Telefongesprächen. Ich fragte, warum die Gespräche mit dem Bruder ihr so sehr zusetzten. »Miguel, bald ist Silvester«, sagte Constantina. »Ich möchte, dass wir gemeinsam in das neue Jahr starten. Und ich möchte nicht, dass wir es hier in dieser Wohnung tun. Bitte lass uns verreisen. Vielleicht nach Hawaii!«

»Das ist eine sehr gute Idee, Constantina«, antwortete

ich. »Aber ich kann nicht verreisen. Nachdem ich jetzt schon seit so vielen Jahren im Radio ›der einsamste DJ der Welt‹ an Weihnachten bin, soll ich in diesem Jahr auch noch an Silvester eine Sendung als ›der einsamste DJ‹ machen.«

Constantina blickte traurig zu Boden.

»Wie in deiner schönen Musik und deiner Malkunst … bei mir wiederholen sich Dinge. Immer an Weihnachten ist bei mir alles gleich. Aber so, wie du manchmal plötzlich und unerwartet einen weiteren Ton spielst, so bin ich beim Radio in diesem Jahr an einem weiteren Tag im Dienstplan aufgetaucht!«

»Ich versteh sehr gut, was du meinst«, sagte Constantina. »Aber es macht mich auch sehr, sehr traurig!«

»Ach, Constantina, lass es uns doch so machen: Wir buchen uns ein schönes Hotelzimmer. Da checken wir schon am Nachmittag ein. Dann mache ich die Silvestersendung, später feiern wir das neue Jahr und den Anfang eines neuen Lebens. Von mir aus fahren wir sofort am Neujahrsmorgen irgendwohin!«

Constantina war begeistert: »Ich male uns Blümchenposter, mit denen wir das Hotelzimmer dekorieren! Das wird wunderschön.«

Der Silvestertag kam und wir trafen uns am Nachmittag im Hotel. Aber die Stimmung war von Anfang an schlecht. Constantina sagte mir direkt, dass sie sich nicht sicher sei, ob sie auf so eine Weise ins neue Jahr starten wolle. Was sollte ich tun? Ich musste zum Sender, um meine Show zu machen.

Ich hatte Feuerwerksraketen dabei und verteilte sie an alle Mitarbeiter, die mit mir die Schicht schieben mussten. Ich gab jedem Kollegen eine Rakete und wir machten aus, die Dinger vom Balkon des Senders in den Himmel über den Mediapark starten zu lassen – mit guten Wünschen für das neue Jahr im Kopf. Die Rakete von der Kollegin aus der Nachrichtenredaktion schoss steil nach oben und explodierte grünstrahlend am Nachthimmel. Der Nächste war Owe aus der Technik. Seine Rakete stürmte noch höher und zerbarst in Hunderte glühend roter Einzelteilchen. Dann zündete ich meine Rakete, es zischte laut. Aber die Rakete stieg nicht auf, sie nahm nach einem kurzen Bogen in Richtung Himmel Kurs auf den Vorplatz vom Mediapark. Dann stürzte sie direkt in einen Brunnen. Kein gutes Omen, Katastrophe!

Ich zog die Sendung durch und machte mich dann sofort auf den Weg zum Hotel. In der Hotellobby war Silvesterparty. Ich wühlte mich durch zu den Aufzügen und fuhr hoch zu unserem Zimmer. Da fand ich einen Zettel, auf dem stand: »Miguel, ich kann so nicht leben! Lebe wohl, Miguel!«

Ich war völlig fassungslos und versuchte sofort, Constantina auf ihrem Handy zu erreichen. Sie ging nicht dran. Ich probierte es noch einmal. Wieder keine Reaktion. Noch einmal und noch einmal. Nichts.

Als ich zum zwölften Mal anrief, nahm Constantina endlich ab.

»Er ist hier, er ist hier«, schluchzte sie. »Mein Mann ist hier, und er wird dich umbringen!«

»Welcher Mann?«

»Mein Mann. Heinrich!«

»Wie bitte!?«

Ich kombinierte mir das alles irgendwie zusammen und mir wurde klar, was diese regelmäßigen Telefongespräche möglicherweise zu bedeuten hatten. Aber was für einen Einfluss sollte dieser Mann auf die Beziehung haben, die Constantina und ich in den letzten Monaten geführt hatten? Die schöne Gitarrenmusik, die unzähligen Tees, zu denen wir Gespräche über Constantinas Kunst führten, die vielen Blümchen – war das alles nur ein Traum gewesen?

»Wo bist du?«

»In meiner Wohnung!«

»Ich komme jetzt zu dir!«

»Nein, nein … Miguel …«

»Doch, ich komme …«

Ich legte auf, stürmte aus dem Zimmer.

In der Lobby des Hotels war Party. Es lief gerade ein alter Song von The Specials: »Enjoy Yourself (It's Later Than You Think)«. Ich fragte mich, wer wohl der DJ war? Vor dem Eingang zum Hotel standen mehrere Taxis, ich setzte mich direkt auf die Rückbank des ersten und gab Constantinas Adresse als Fahrtziel an. Als wir ankamen, sprang ich aus dem Wagen und rannte Richtung Hauseingang. Bevor ich Constantinas Klingel drücken konnte, versperrte mir ein Typ den Weg. Er hatte einen Baseballschläger aus Aluminium in der Hand. Das musste also Heinrich sein.

»Noch ein Schritt und ich spalte dir den Schädel – hiermit«, sagte er und schwang den Baseballschläger.

»Du bist Heinrich«, sagte ich. »Glaubst du, du kannst hier einen auf dick machen?«

»Ich sag dir nur eins: Ich prügel dich ins Krankenhaus! Definitiv!«

Ich hätte versuchen können, mit Heinrich zu reden. Aber das war aus der Situation heraus völlig sinnlos. Ich griff nach dem Baseballschläger, Heinrich zog ihn zurück. Er hätte nun wirklich gut zuschlagen und den Firlefanz beenden können.

»Noch eine Bewegung und ich schlag dich kaputt«, drohte er krächzend.

»Heinrich!«, schrie ich. »Ich komm aus Barkenberg!«

Dann sprang ich auf ihn zu und riss ihm den Baseballschläger aus der Hand.

Er brauchte einen Augenblick, um zu begreifen, dass der Schläger und damit seine Überlegenheit in diesem Kampf futsch waren. Er starrte mich stumpf an.

»Die Sache ist erledigt«, sagte ich. »Ich verschwinde jetzt hier. Deinen Scheiß-Baseballschläger nehme ich mit. Und wenn wir uns noch mal treffen, dann bring einen Ball mit. Dann können wir spielen!«

Ich drehte mich um und ging. Ich wusste, ich hatte zu gehen.

Constantina war seine Frau. In dieser Silvesternacht war ich definitiv der einsamste DJ der Welt.

Geknetetes Leid

Meinem Freund Klaus ging's auch nicht gut. Er hatte sich in den letzten Monaten regelmäßig mit einer Frau getroffen, die sich ihm gegenüber als Autorin ausgegeben hatte.

»Ich hatte sie in einer Kneipe kennengelernt. Sie hat dort gekellnert. Da hätte ich schon stutzig werden sollen.«

»Na ja, als Autor, wenn man nicht gerade Bestseller schreibt, muss man nebenher eben noch jobben.«

»Ja, kann ich schon verstehen«, sagte Klaus. »Aber sie war ja angeblich Kinderbuchautorin!«

»Ja, und?«

»In der Kneipe hingen jeden Tag dieselben sechzigjährigen Rentner rum. Wenn man Kinderbücher schreibt, dann jobbt man doch nicht in so einem Laden, oder?«

»Die Kunst ist eine Sache. Der Job eine andere«, antwortete ich. »Warum soll sie keine Kinderbücher schreiben, nur weil sie in einer Rentnerwirtschaft arbeitet?«

»Weil die ganze Geschichte von der Kinderbuchautorin einfach totale Scheiße war. Deshalb!«, schrie Klaus mich an.

Ich überlegte, ob ich ihm ausführlich von der Kunst Constantinas erzählen sollte, aber wenn er ihren Gitarrensound nicht hören und ihre Bilder nicht sehen konnte, war das sinnlos. Und ich war immer noch nicht an dem Punkt, Constantinas Künste infrage zu stellen.

»Künstlerinnen sind halt exzentrisch. Willst du zurück zu deiner Kinderbuchautorin? Soll ich mir wieder diese ganzen Blümchen anschauen und mir diese Zwei-Ton-Gitarrenorgien anhören? Wir sind nicht erwünscht. Wir sollten uns einfach mal einen Tapetenwechsel genehmigen und diese Frauen vergessen«, schlug ich vor.

Das waren aber nur mutige Worte. Bis zum Frühlingsbeginn saßen wir Abend für Abend zusammen und erzählten uns immer wieder dieselben Geschichten. Wir schmückten unsere Erlebnisse mit der Kinderbuchautorin und der Multimediakünstlerin immer dramatischer und emotionaler aus. Die beiden Frauen wurden größer, strahlender und schillernder.

»Warum hat sie mir nicht gesagt, dass sie noch einen anderen Freund hatte?«, fragte Klaus immer wieder.

»Ich hätte wissen oder wenigstens ahnen müssen, dass sie verheiratet war«, zog ich Bilanz. Immer wieder, wir drehten uns im Kreis.

»Das ist ein Teufelskreis«, sagte Klaus. Da war es bereits Mitte April.

»Wir müssen da raus. Wir müssen verreisen!«

Nachdem wir monatelang in einer Schockstarre gefangen waren, wurden wir schlagartig aktiv und beschlossen umgehend eine Reise zu buchen. Klaus schlug vor, ein paar Tage auf Mallorca zu verbringen. Ich hatte anfangs Bedenken, weil ich befürchtete, dort in Form von spanischen Gitarrenklängen an Constantina erinnert zu werden.

»Das war doch keine spanische Musik, die die dir da jeden Tag vorgeklimpert hat. Auf Mallorca läuft sowieso nur Euro-Dance. Und wir suchen uns ein modernes Hotel, in dem wir überhaupt nicht mit spanischen Klischees konfrontiert werden«, meinte Klaus.

Wir buchten das »Hotel Kleinmann« und landeten in El Arenal. Wir zerstörten den Altersdurchschnitt brutal, außer uns hatten alle anderen Gäste, die schon seit dreißig und mehr Jahren regelmäßig ins »Kleinmann« reisten, längst die Rente erreicht. Das Hotel war für uns trotzdem ein Volltreffer. Ältere Menschen erwarten und benötigen eine verlässliche und bekömmliche Küche. Jeden Abend gab es Bingo-Veranstaltungen, bei denen uns die verlangsamte Reaktionszeit der betagten Zimmernachbarn von Vorteil war. Wir gewannen 95 Prozent aller Bingo-Runden, weil wir einfach am schnellsten »Bingo« riefen. Es gab Wertgutscheine für Bars in der Nähe, erlesene Weine, Eintrittskarten für Freizeitangebote rund ums Hotel. Mit dieser unendlichen Glückssträhne im Bingo an den Abenden und der mallorquinischen Sonne an den Tagen vergaßen wir schnell die Niederlagen mit den Frauen, die sich der Kunst verschrieben hatten. Nach drei Tagen waren wir schon so entspannt, dass wir uns ein bisschen mehr Aufregung wünschten und zu einem Tagesausflug in die Inselhauptstadt Palma aufbrachen. In einem Mietwagen, dessen zweitägige Nutzung wir beim Bingo gewonnen hatten. Wir besichtigten die Kathedrale, wir marschierten die Ramblas von Palma mehrfach auf und ab, wir ließen uns die Haare im Salon eines deutschen Promifriseurs schneiden. Geld spielte keine Rolle, bisher hatten wir nur gespart. Auf dem Treppenaufgang zur Altstadt nahe der Kathedrale sprach uns eine ältere, schwarzhaarige Frau an: »Hello, hello! Magic Face!«

Sie hielt uns ein Paket entgegen, in dem sich eine aufgeplusterte Gummischlauchwurst befand. Sie nahm die Wurst heraus und knetete sie. Bald sah die Wurst aus wie ein Gesicht. Die Frau massierte und knetete die Wurst in irrer Geschwindigkeit weiter und wir bekamen alle paar Sekunden andere Gesichter zu sehen.

»Very good, very good!«, riefen Klaus und ich im Chor. Wir kauften uns jeder so ein »Magic Face«. Mit dem Mietwagen machten wir noch einen Abstecher zu einer einsamem Bucht am Camp de Mar. Dann verbrachten wir die verbleibenden Tagen entspannt am Swimming Pool des Hotels. Wir relaxten total, redeten wenig und kneteten zur zusätzlichen Entspannung jeder für sich sein »Magic Face«.

Fast wie im Leben

Mein Telefon klingelte. »Der Harry hat einen Krea-Stau«, teilte mir mein Freund Frank, der bei einer großen Plattenfirma arbeitete, mit aufgeregter Stimme mit. »Kannst du da morgen hinfliegen?«

Ich wusste weder, welcher Harry gemeint war, noch hatte ich einen Vorstellung davon, was ein »Krea-Stau« ist.

»Welcher Harry?«

»Ja, der ›Deine Liebe ist wie ein Elektroschock‹-Harry.«

Mir dämmerte, um welchen Harry es ging. Harry hatte mal einen Hit mit dem verzweifelten Liebeslied »Deine Liebe ist wie ein Elektroschock«. Der Erfolg lag schon ein paar Jahre zurück und gelegentlich hatte ich mal von Harry in der Zeitung gelesen. Dass er angeblich mit seiner Frau, die als Expertin für Tischdekorationen im Fernsehen berühmt geworden war, vor dem Ruhm auf eine Finca nach Mallorca geflüchtet war und sich dort als Maler neu erfinden wollte.

»Der lebt doch auf Mallorca, oder? Ist der noch bei deiner Firma unter Vertrag?«

»Ja, ist er«, sagte mein Freund. »Aber er hat einen Krea-Stau!«

»Was ist ein Krea-Stau?«

»Weiß ich auch nicht genau. Aber er hat gerade angerufen und gesagt, dass er einen Krea-Stau hat. Er arbeitet an einem neuen Album und kommt gerade nicht weiter.«

»Ich denke, der malt.«

»Das läuft nicht so gut. Deshalb will er an den Erfolg von ›Deine Liebe ist wie ein Elektroschock‹ anknüpfen. Aber nicht so plump, wie viele andere Schlagerstars alte Erfolge aufkochen. Harry will ein Konzeptalbum aufnehmen. Ein ganz großes Album für die Popgeschichte. Aber da steckt er jetzt wohl gerade in der Sackgasse und braucht Unterstützung.«

Ich fragte mich, ob mein Freund mich verarschen wollte. Konzeptalben waren doch eher so ein Ding in den 70er- und 80er-Jahren des letzten Jahrhunderts für Rockbands gewesen. »The Wall« von Pink Floyd, so etwas in der Art. Ich kannte von Harry zwar nur den einen großen Hit, aber wenn der ungefähr die Welt beschrieb, wie er sie sah, dann hätte ich an seiner Stelle anders geplant. Einfach ein Album mit verzweifelten Liebesliedern aufnehmen, dem Ganzen einen Titel wie »Zweite Chance – gib sie mir!« draufpappen und fertig. Aber um Gottes willen, egal wie viel Liebe drinsteckt, nicht von »Konzeptalbum« sprechen!

Ich hatte aber die Verzweiflung in der Stimme meines Freundes gehört und wollte höflich bleiben.

»Okay, Frank, aber erkläre mir das näher! Was, bitte, ist ein Krea-Stau?«

»Ja, Krea-Stau halt ... Ich weiß doch auch nicht. Er hat hier vor einer Stunde angerufen und nur geschrien, dass er einen verdammten Krea-Stau hat und total ausgebrannt ist. Wenn wir sein Album haben wollten, dann sollten wir ihm gefälligst jemanden vorbeischicken, der Ahnung von Hörspielen und Radioarbeit hat, damit er aus seinem kreativen Loch rauskommt. Und wir sollten ihm gefälligst innerhalb von 24 Stunden jemanden vorbeischicken.«

Frank klang noch verzweifelter und erzählte weiter.

»Ich hab Harry gesagt, ich wüsste auch nicht, was man tun könne. Aber da hat er einfach nur gesagt: Hast du 'n Stich? Dann hat er aufgelegt. Ich dachte, damit sei die Sache erledigt. Aber nach fünf Minuten hat er schon wieder angerufen. Er war noch immer auf 180 und dann hat er dreimal gefragt, warum ich ihm noch niemanden empfohlen habe?«

»Ja, und dann?«

»Dann«, fuhr Frank fort, »dann hat er so einen merkwürdigen Ton in der Stimme gehabt und fast gedroht. Vor ihm stünde ein Telefon, das aber überhaupt nicht klingeln würde. Es käme ihm fast so vor, als wenn ihn das Telefon anlacht. Aber wenn er mal auf einen Anruf von mir warten würde, dann würde es eben nie klingeln! Und er würde jetzt die nächsten Stunden vor diesem Telefon sitzen und von mir erwarten, dass ich ihn anrufe und ihm sage, dass jemand vorbeikommt, um ihn aus diesem verdammten Krea-Stau zu holen. Ich habe ihm gesagt, dass ich auch keine Lösung weiß. Daraufhin meinte er, dass ihn das überhaupt nicht jucken würde. Ich sollte ihm gefälligst einen Experten schicken. Und deshalb rufe ich dich jetzt an!«

»Okay, aber was kann ich da machen?«, fragte ich.

»Ja, mein Gott, verdammt noch mal, du bist doch Radiomann, du hast Hörspielerfahrung, du bist Autor! Hol den Harry aus dem Krea-Stau!«, rief Frank.

»Du kannst mir seine Telefonnummer geben, dann rufe ich ihn an und geb ihm ein paar Tipps. Wenn er ein Konzeptalbum machen will, dann soll er ganz kleine Schritte machen. Vielleicht sollte er sich so ein Hauptthema oder einen Helden erfinden, der dann in den Songs Abenteuer erlebt. Einen kleinen Drachen vielleicht, kann auch ein Eisbär sein oder so was.«

»Gibt's doch schon alles«, keuchte Frank noch genervter. »Haben wir alles schon: Drachen, Bären, weiße Löwen, Schlümpfe. Der Harry will Hörspiele machen zwischen den einzelnen Songs. Das muss richtig fett werden, richtig fett!

Komm, flieg nach Mallorca. Wir zahlen alles. Du kannst in seinem alten Haus wohnen, nur fünf Minuten von seiner Finca entfernt. Du musst nur gute Ideen und vielleicht noch eine Soundsammlung mitnehmen. Er will so Hörspielsounds wie Autogeräusche, Martinshörner, knisternder Feuersound ... Er hat noch ein paar Sachen genannt ... aber weiß ich jetzt auch nicht mehr.«

Schon wieder nach Mallorca? Ich war doch gerade erst dort gewesen. Sollte Mallorca meine Schicksalsinsel werden? Würde ich bald auch einer unter vielen Deutschen auf der Insel sein? War der Notfalleinsatz bei Harry vielleicht der Beginn eines neuen Lebens auf einer Insel im Mittelmeer? Ich war ja vor einigen Jahren sogar schon mal ein paar Wochen lang als DJ dort gewesen. Damals hatte ich mir anschließend vorgenommen, auf Mallorca niemals wieder zu arbeiten! Und nach den entspannten Tagen mit Klaus im »Hotel Kleinmann« war die Aussicht, jetzt ganz alleine dorthin zu reisen, um Harry aus dem Krea-Stau zu holen, nicht wirklich verlockend. Zwei völlig fremde Welten, beide auf Mallorca. Die mit Harry konnte ich mir aber nicht so angenehm vorstellen wie die letzten Tage im »Kleinmann« mit Klaus. Vor mir auf dem Schreibtisch, neben dem Telefon, lag mein »Magic Face«. Ich wollte es als Orakel entscheiden lassen. Wenn man es kurz und heftig knetete, konnte es entweder die Form eines verzerrten, unzufriedenen Gesichtes annehmen oder aber einen strahlend anlachen. Ich zerquetschte die Plastikwurst und sie lächelte mich an. Nicht euphorisch, aber irgendwie optimistisch. Die Entscheidung war gefallen.

»Was kann ich dabei verdienen?«, wollte ich wissen.

Frank nannte einen akzeptablen Betrag.

»Okay, ich mach den Job. Buch mir den Flug und schicke mir die Zeiten und alle wichtigen Adressen!«

»Ich hab den Flug schon klargemacht. Geht morgen um 7 Uhr los. Du wirst am Flughafen abgeholt und später zu Harry gebracht. Du wohnst in seinem Haus, das er sich auf Mallorca nach seinem ersten kleinen Hit gekauft hat. Das muss echt toll sein. Wünsche dir eine gute Zeit. Und, bitte, hol ihn aus dem Krea-Stau!«

Am Flughafen in Palma stand ein bärtiger Typ mit einem Schild, der auf mich wartete.

»Ich bin Jesús«, sagte er. »Harry ist sehr, sehr glücklich, dass du gekommen bist. Ich fahre dich in sein Appartement.«

Danach hörte ich kein Wort mehr von Jesús. Er fuhr mich wortlos nach Deià, wo Harrys erstes Haus in ein schroffes Gebirgsmassiv eingebaut war. Jesús schloss mir die Tür auf, übergab mir die Schlüssel, trug meinen Koffer in den Flur. Dann zeigte er auf seine Armbanduhr und gab mir zu verstehen, dass er mich gegen 18 Uhr abholen würde. Das waren ja noch über fünf Stunden! Ich fragte Jesús, ob ich alles richtig verstanden hätte. Jesús blickte mich ausdruckslos an, zeigte wieder auf die Uhr. Kein Zweifel: 18 Uhr.

Ich bedankte mich und war plötzlich ganz allein in dem dunklen Flur, in den gerade eben noch Licht gefallen war, solange die Eingangstür aufgestanden hatte. Jetzt war es ziemlich finster, aber auch angenehm kühl. Das war dann wohl auch der Sinn, warum dieses Haus in den Berg gehauen worden war. Ich drückte auf den Lichtschalter. In einen alten, dicken Baumstamm, der an der Decke hing, war eine Glasschale eingelassen, die matt aufleuchtete. Auch um mich herum nur braunes, dunkles, lackiertes Holz. Der

Flur ging nahtlos über in eine Art Wohnzimmer. Viel Holz, viel dunkelbraunes Leder. Typisch altmallorquinischer Stil, dachte ich, obwohl ich keine Ahnung hatte, ob es sich bei dieser Einrichtung tatsächlich um eine inseltypische handelte oder ob Harry beim Einrichten vielleicht lediglich einen Krea-Stau gehabt hatte. Die einzigen Farbtupfer in diesem Ambiente waren ein silberner japanischer Videorekorder und eine Reihe von Videokassetten, die darauf standen und in gelben und weißen Pappschachteln steckten. Ich ging weiter und landete in einer Küche, die blau-weiß gekachelt war, ansonsten aber wieder aus vielen braunen Schränken bestand. Der Fußboden war der ursprüngliche Fels, geschliffen, das hatte was. Bestimmt altmallorquinischer Stil, dachte ich wieder. Jetzt aber mit Gewissheit. Eine schwere, dunkle Holztür führte nach draußen. Ein großer Schlüssel steckte im Schloss, den ich nur mit Mühe drehen konnte. Die Tür ließ sich nur schwer und knarzend öffnen. Ich gelangte auf eine schöne, aber ebenfalls relativ düstere Steinterrasse, die vom Felsen umrahmt wurde. Das war schon wesentlich freundlicher als die Innenräume. Und es führte eine Treppe hinauf zu einer weiteren Terrasse, die fünf Meter höher in den Fels gehauen war. Ich kletterte hoch und entdeckte eine weitere Steintreppe, die noch viel weiter nach oben führte. Zur letzten Terrasse, auf der sich ein Swimmingpool befand und die an das nächste Grundstück grenzte. Der Nachbar hatte auch einen Pool. Und er war sogar da. Ein Mann mit Glatze in türkisblauer Badehose, dessen Alter ich nicht schätzen konnte. Er lag auf einer Sonnenliege und zuckte erschrocken zusammen, als er mich sah. Dann griff er unter ein Handtuch, zog eine Pistole hervor und zielte auf mich. Wortlos. Ich hielt die Hände hoch und sagte: »Buenos días, einen guten Tag! No hablo español! Ich spreche Deutsch. Sorry, wenn ich Sie gestört habe! Ich bin ein Gast von Harry.«

Der Mann schob die Pistole ganz schnell wieder weg. »Herzlich willkommen auf Mallorca«, rief er freundlich. »Entschuldigen Sie bitte! Warum sagt der Jesús mir denn nicht, dass der Harry Besuch erwartet? Es tut mir leid! Aber man weiß ja nie hier … Die Gangster wissen doch alle, dass der Harry hier seine ersten großen Hits geschrieben hat. Hier ist schon so oft eingebrochen worden. Also, ich bin selber nie bedroht worden und zu holen gibt's hier ja auch nichts. Aber kommt halt immer wieder vor. Und deshalb hab ich auch immer die Flinte dabei«, erklärte er mir.

Er heiße Werner und lebe schon seit fünfzehn Jahren auf der Insel. Jetzt müssten wir erst mal etwas trinken. Er bat mich, zu ihm auf sein Grundstück zu kommen, wälzte sich von der Liege und ging zu einem Kühlschrank, der neben dem Pool unter einem kleinen Holzdach stand. Werner und ich machten Smalltalk, tranken ein Bier, das nächste, noch eins und noch eins. Dann holte Werner zusätzlich zu dem nächsten Bier noch eine eiskalte Flasche vom balearischen Kräuterlikör Hierbas aus dem Kühlfach. Ich war schon ganz schön durcheinander. Hier oben auf der obersten Terrasse knallte die Hitze schonungslos. Außer dem Sandwich im Flugzeug hatte ich ja nichts gegessen. Werner reichte mir wieder ein Fläschchen Bier und füllte zwei Gläser großzügig mit dem Hierbas. Ich dachte, wir stoßen direkt an, aber er ging noch mal zurück zum Kühlschrank, neben dem auch eine Musikanlage postiert war. Er drückte einen Knopf und plötzlich wummerte Housesound aus Boxen, die ich vorher noch nicht bemerkt hatte. Sie waren unauffällig in die

Steinmauern rund um den Pool eingelassen worden. »So kann man leben«, schwärmte Werner. »Aber nicht nur hier, aber nicht nur hier!«, lachte er. »Ein-, zweimal im Monat fahre oder fliege ich ganz früh morgens rüber nach nebenan. Nach Ibiza. Dann gehe ich da ins ›DC 10‹. Super Club, da läuft nur so ein Sound. Wahnsinn! Wahn-Sinn!«

Ich fragte mich, warum Werner ins »DC 10« nach Ibiza fuhr. Ich war dort auch schon mal gewesen. Aber mit seinem Soundsystem auf dieser Terrasse, mit diesem Pegel vom Bier und vom Hierbas … Was bekam er da, was er hier nicht hatte?

»Hast du Bock auf Feierei?«, fragte mich Werner und schielte mich schräg an. Der Schweiß lief ihm die Glatze runter.

Ich wusste gar nicht, was ich sagen sollte.

Werner griff wieder unter sein Handtuch und ich hatte schon Angst, dass er mir gleich wieder die Pistole entgegenhalten und mich zu einer Runde »Russisch Roulette« einladen würde. Aber er hatte eine kleine Dose in der Hand und schraubte den Deckel ab. Darin lagen ganz viele kleine, rosafarbene Pillen.

»Die Dinger machen super Freude! Komm nimm eine. Aber warte, ich dreh den Sound noch mal auf!« Er hastete zum Holzverschlag und machte die Musik etwas lauter. Der Sound gefiel mir wirklich gut, es lief »My Memory« von Chab. Großartiger Track, auf Werners Soundsystem ganz exzellent.

»Nein danke, Werner!« Ich knöpfte mir das Hemd auf und sah mich um. Mir war ganz schön heiß. Die Bier-Hierbas-Kombination machte mich schwer schwindelig. Der Himmel war strahlend blau. In dem Moment hätte ich mir keinen besseren Platz auf der Welt vorstellen können. Gelegentlich wehte ein ganz sanfter Wind. Der Pool, der Himmel, ein paar Palmen, die hier auf der obersten Etage unter dem Felsen standen. Dieser Ort schien weit entfernt vom Rest der Welt zu sein. Die Musik war gut, die Getränke schmeckten, waren aber definitiv zu hart für diese Uhrzeit. Ich versuchte einen klaren Kopf zu bekommen und mich darauf zu besinnen, dass ich ja nicht zum Vergnügen hier war.

»Ich habe nachher einen Termin mit Harry. Wenn du vielleicht noch ein Wasser für mich hättest, das würde ich sehr zu schätzen wissen.«

»Wann denn?«, fragte Werner leicht lallend.

»Um sechs.«

»Ach, das sind ja noch ein paar Stunden. Pass mal auf, mein Junge. Ich mixe dir jetzt mal einen Freshmaker«, sagte der schielende Werner und rannte wieder zum Kühlschrank.

Er holte ein großes Glas hervor, goss zwei Dosen Energy-Drink hinein und schüttete noch mal einen Schuss Hierbas nach.

»Gleich bist du wieder fit wie ein Bär«, versprach mir Werner.

Ich nahm ein paar kräftige Schlucke, hatte keine Kraft mehr zum Smalltalk mit Werner und hörte lieber der Musik zu. Ich legte mich auf einen seiner Liegestühle, dann schlief ich ein.

Als ich wieder aufwachte, war meine erste Sorge, ob Werner mir die Knarre an den Kopf gehalten und abgedrückt hatte, denn so fühlte ich mich. Alleine lag ich an Werners Pool. Ich schaute auf meine Uhr, es war schon halb sieben. Um 18 Uhr wollte Jesús mich abholen, ich hatte den Termin verpatzt. Werner war nicht mehr da. Ich stürmte hinunter in Harrys Haus, suchte das Bad, warf mir etwas Wasser ins Gesicht und ging dann raus vor die Tür. Da stand Jesús angelehnt an seinen Wagen. Er sagte kein Wort, er wies mich nur an, auf der Rückbank Platz zu nehmen. Jesús chauffierte mich zu Harrys Villa, die direkt an der Küste lag.

Harry empfing uns auf dem Parkplatz vor seinem Anwesen und sah genauso aus, wie ich ihn von früheren Fernsehauftritten und von Fotos in Zeitschriften in Erinnerung hatte. Seine Haare waren knallrot gefärbt und hochgebürstet. Sein Oberkörper war so zu einem breiten Muskelberg trainiert, dass er mit den dünnen Beinen darunter an ein »Vorfahrt achten«-Schild erinnerte.

»Hola, Hola … willkommen, willkommen!« rief er und herzte mich wie einen alten Freund.

»Wir fangen sofort mit der Arbeit an. Aber vorher zeige ich dir noch mein Casa«, sagte er. Er führte mich durchs Erdgeschoss und stellte mir seine Partnerin vor. Sie war etwa dreißig Jahre jünger als er und sagte kein Wort. Sie gab mir nur kurz die Hand, die sich sehr schlaff anfühlte. Wir konnten auch gar nicht ins Gespräch kommen, weil Harry mich weiter in Richtung Terrasse zog, die einen traumhaften Ausblick hatte.

»Die Frau da«, und dabei zeigte er zurück zu dem Raum, in dem wir eben seine Partnerin getroffen hatten, »die Frau da ist der absolute Wahnsinn. Wahn-Sinn! Die ist fünfunddreißig Jahre jünger als ich, aber manchmal lässt die Sachen vom Stapel! Da denke ich, die ist zwanzig Jahre älter als ich! Richtig weises Zeug sagt die manchmal!« Harry gab begeisterte Laute von sich. Ich wusste nicht, ob er hustete oder lachte. Er zeigte zum Haus nebenan. »Guck mal! Meine

Ex.« Da stand tatsächlich eine Frau auf dem Balkon, die ich selbst aus der Ferne als die berühmte Tischdekorateurin aus dem Fernsehen zu erkennen glaubte.

»Die will mich immer noch. Ja, ja, ja, die will mich immer noch. Aber sorry, Baby, time is over«, prustete Harry. Es klang wieder wie eine Mischung aus Husten und Lachen. »Ja, ja ... die will mich. Aber ich will sie nicht!«

Ich war leicht überfordert. Mir brummte der Schädel, ich verfluchte Werner.

Harry klatschte in die Hände. »Wir gehen direkt an die Arbeit. Ich hab ein gutes Gefühl! Frank hat mir gesagt, dass du ein Spitzentyp bist. Geil! Ich sag einfach nur: Geil! An die Arbeit!«

Harry führte mich in sein Tonstudio und erklärte mir, wie er vorgehen wolle. Er habe zehn Songs komponiert und auch schon aufgenommen. Die wollte er mir gleich vorspielen. Aber die müssten wir uns auch nicht komplett anhören, denn dafür fehle die Zeit. Es sei, verdammt noch mal, höchste Zeit, dass er aus seinem verdammten Krea-Stau rauskomme.

»Ja, ja, deshalb bin ich hier«, bestätigte ich.

»Gut«, sagte Harry. »Ich habe folgenden Plan: Es geht in den Songs um einen Typen, der von seiner Freundin die Kündigung bekommen hat, weil er viel Scheiße gebaut hat. Das übliche: Puff, Sauferei, Geld verzockt und so weiter.«

»Okay, kann ich verstehen.«

Harry fuhr fort: »So, jetzt ist der Typ – er ist LKW-Fahrer – natürlich reumütig und will die Frau zurück ...«

»Logisch!«

»Genau, logisch! Und jetzt sucht er nach Lösungen. Weil er Eier in der Hose hat und weiß, dass er nur noch eine

Chance hat, ruft er jetzt nicht ständig die Frau an oder schreibt ihr SMS ... das machen nur Loser«, schrie Harry.

»Ja, richtig, Harry«, stimmte ich zu.

Harry schaute bedeutungsvoll an die Decke und sagte dann: »Er ist ein Kerl und macht das – verdammt noch mal – mit sich alleine aus. Er sucht eine Lösung, aber ganz alleine kriegt er das – verdammt noch mal – auch nicht hin. Deshalb ruft er nachts während der Autobahnfahrten aus seinem LKW heraus immer wieder diesen Typen aus dem Radio an, der auf alles eine Antwort weiß, und diskutiert mit dem sein Problem!«

»Domian?«, fragte ich.

»Ja, ja ... genau! Dieser Domian. Genau, das ist der Radiotyp, den ich im Hinterkopf hatte. Der weiß immer eine Antwort und ist cool. Den ruft mein LKW-Fahrer an. Und wir machen das so: Wir nehmen Gespräche auf. Ich bin der LKW-Fahrer, du bist der Radiotyp. Dann kommt ein Song. Dann wieder Gespräch. Und so weiter.«

Ich dachte kurz nach.

»Mmh, okay, ich verstehe deine Idee, Harry. Aber ich bin doch nicht Domian. Meinst du, ich bin der Richtige dafür?«

»Auf jeden Fall. Wir machen uns sofort an die Arbeit. Hast du auch Sounds dabei? Sirenen und so was. Ich hab gedacht, dass der LKW-Fahrer manchmal aus ganz dramatischen Situationen anruft. Haha. Zum Beispiel steht er mal mitten in einer Massenkarambolage ... zum Beispiel.«

Die nächsten Stunden hörten wir uns durch meine Soundsammlung, die ich extra aus Deutschland mitgebracht hatte. Martinshörner, einstürzende Hochhäuser, zersplitterndes Glas – ich hatte alles an Katastrophen dabei. Harry fand das super.

Ein paar Stunden später hatte ich zum ersten Mal Gelegenheit, mich genauer im Haus umzusehen, in dem ich untergebracht war. Aber es gab nicht viel zu entdecken. Alles war – und jetzt bei Nacht noch mehr – dunkelbraun. Ich sah mir die Videokassettensammlung an. Alle Auftritte von Harry im deutschen Fernsehen. Harry bei »Wetten, daß …?«, Harry bei »Volle Kanne«, Harry bei »Verstehen Sie Spaß?«, Harry im »Fernsehgarten«, Harry bei Florian Silbereisen, Harry bei … und so weiter. Ich hatte keine Lust, mir das anzusehen. Aber es klingelte auch plötzlich an der Tür. Die wuchtige Eingangstür hatte einen Spion, sodass ich sehen konnte, wer vor der Tür stand. Werner! Ich machte auf.

»Hola, Micky! Wir chillen noch ein bisschen bei uns. Auf dem Grill liegt auch noch was. Hast du Lust, rüberzukommen?«

Lust hatte ich keine, aber Hunger. Mittlerweile war es schon bald Mitternacht, ich hatte immer noch nichts gegessen.

Ich ging mit rüber. Werners Einrichtung war das absolute Gegenteil von Harrys Gruft. Hinter seinem Fels verbargen sich modernste Interieurs in Bonbonfarben. Seine Terrasse im Erdgeschoss war von den Maßen ähnlich der von Harry, aber vor den Felswänden standen große Milchglasscheiben, durch die die Steine nur vage hindurchschimmerten. Es lief schon wieder Ibiza-Sound, ein paar Leute tanzten slow zum Beat. Chillen war etwas anderes. Aber es gab noch Lammkoteletts vom Designergrill. Es tat gut, etwas zu essen. Ich genoss es einfach, etwas in den Magen zu bekommen und unter Menschen zu sein. Ich hatte den letzten Bissen gerade heruntergeschluckt, als Werner mit der Faust auf den Tisch schlug. »So, Leute, jetzt aber mal Party hier!«

Schon wieder Party? Ich war froh, dass meine Kopfschmerzen inzwischen verschwunden waren, es reichte mir, satt zu sein.

»Micky, ein kleiner Hierbas nach dem Essen – das tut dir gut«, sagte Werner und stellte mir ein riesiges Glas voller Eis und Likör vor die Nase. Die Musik hatte er schon lauter gestellt. Die anderen Gäste tanzten ausgelassener, Werner verwickelte mich in ein Gespräch über Harry.

»Der Harry ist ein ganz feiner Kerl. Aber seine Musik ... na ja. Er sollte mal mehr in diese Richtung hier arbeiten, so wie das Zeug, das wir jetzt gerade hören!«

»Na ja, Werner, das ist nicht so sein Ding. Der macht anderen Sound.«

»Ja, aber dafür bist du doch hier, oder?«, fragte Werner. »Ich habe gehört, dass du ein bekannter DJ bist. Wenn er dich zur Produktion seines neuen Albums einlädt ... Ich habe gedacht, er geht jetzt wenigstens ein bisschen in diese Richtung.«

»Davon weiß ich nichts, Werner. Wir machen etwas Spezielles.« Ich gab mich geheimnisvoll, ich wollte ja nichts ausplaudern.

Werner guckte mich stumpf und sehr starr an.

»Egal«, sagte er nach zehn Sekunden. »Heute wird gefeiert!«

Mir war nicht zum Feiern zumute, aber ich wollte auch nicht wieder zurück in die dunkle Grotte. Also blieb ich sitzen. Da Werner auch nicht mehr redselig war, tranken wir noch einige Bier und hörten der Musik zu. Spät in der Nacht verabschiedete ich mich, am nächsten Tag musste ja wieder bei Harry gearbeitet werden.

In den nächsten drei Tagen passierte immer dasselbe.

Gegen Mittag holte mich Jesús ab. Wortlos. Ich nahm mit Harry ein sinnloses Minihörspiel nach dem anderen auf. Der LKW-Fahrer rief in der Nacht-Talk-Sendung des Radiomoderators (gespielt von mir) an und erklärte, dass er seine Frau zurückgewinnen wolle. Die Skripte gingen so:

Ich: »Hallo, wer ist am Telefon?«

Harry: »Ich bin's. Ich möchte meinen Namen nicht nennen.«

Ich: »Warum rufst du an?«

Harry: »Ich will meine Frau zurück!«

Ich: »Warum? Ich vermute, du hast ihr was Übles angetan … was?«

Harry: »Ich hab unser Haushaltsgeld verspielt – im Wettbüro! Jetzt ist sie sauer, aber ich will sie zurück!«

Ich: »Dann entschuldige dich bei ihr. Treib das Geld wieder auf oder spar es dir zusammen. Dann fangt ihr noch mal von vorne an!«

Harry legte großen Wert darauf, dass die Dramaturgie sich immer wiederholte. Er meinte, Wiederholungen machen den Erfolg von Erfolgsserien aus. Da stimmte ich vollkommen zu, schlug aber vor, dass wir doch irgendwelche Überraschungen in die Mini-Hörstücke einbauen sollten, damit es für die Hörer spannend bleibt. »Gute Idee«, sagte Harry. »Wir machen es so: Du fragst nicht nur, wer da am Telefon ist. Du fragst, wo ich gerade bin. Dann antworte ich zum Beispiel: Ich bin in Leipzig und stehe gerade in einer Massenkarambolage. Das hört man natürlich, denn dann mischen wir viele Sirenen rein.«

So nahmen wir ein Stück nach dem anderen auf. Nach meiner dritten Frage, bei der es darum ging, was der LKW-Fahrer verbrochen hatte, erzählte Harry, dass er seine Frau mehrfach betrogen hätte, bei der Schufa unten durch sei und dass er sogar das Erbe der Großmutter verspielt habe. Immer befand sich der LKW-Fahrer gerade in einer Extremsituation - einmal sogar auf einer Intensivstation, weil meine Soundsammlung eine Atmo im Angebot hatte, in der Beatmungs- und andere lebenserhaltende Maschinen mit Fiep- und Pieptönen zu hören waren.

Nach der Studioarbeit fuhr mich Jesús wieder in mein Verließ. Dankbar stellte ich dann jedes Mal fest, dass nebenan bei Werner immer noch Party war, und gesellte mich dazu, um unter Menschen zu sein.

Nachdem alle Hörspiele im Kasten waren und Harry seinen Krea-Stau überwunden hatte, war ich absolut urlaubsreif. Ein paar Tage in den Bergen hätten mir gut getan, aber ich musste ja wieder zurück nach Deutschland ins Ruhrgebiet. Trotzdem war mir die Aussicht lieber als die Vorstellung »Lebenslänglich Mallorca«.

Als ich mit meinem Koffer vor der Tür stand, um die Fahrt zum Flughafen anzutreten, kam Jesús nicht alleine. Harry saß neben ihm auf dem Beifahrersitz. Harry bedankte sich für meine Unterstützung. Er sei fest davon überzeugt, dass wir gemeinsam eine ganz saubere Arbeit abgeliefert hätten und man jetzt einfach mal abwarten müsse, wie sein Konzeptalbum bei den Fans ankommen werde.

Ich hörte wochenlang nichts mehr von Harry und seiner Plattenfirma. Dann erschien das Album und schoss direkt an die Spitze der Charts. Ohne die Hörspielsequenzen. Wortlos, sozusagen.

Batman und Balotelli

Batman verachtet den Pinguin, weil er sich immer aus dem Staub macht. Der Pinguin lässt sich für seine Verbrechen nicht von Batman zur Verantwortung ziehen. Deshalb muss Batman den Pinguin verachten.

Ich hasse die Pinguine. Meine Wut auf die Pinguine ist größer als alles, was Batman an negativen Gefühlen für seinen Pinguin aufgestaut haben sollte. Ich will und werde mit den Pinguinen abrechnen. Möglichst bald, ich warte ja schon seit Jahren auf die Stunde der Rache. Die Pinguine sind seitdem weit weg. Zwischen uns liegen neuntausend Kilometer. Selbst wenn ich ein Batmobil hätte, so eine Strecke legt man nicht so einfach zurück. Es gab ein paar Gelegenheiten zum Showdown mit den Pinguinen. Aber irgendwas kam dann doch immer dazwischen. Einmal hatte ich schon einen Flug nach Lima gebucht, den ich aber kurzfristig stornieren musste. Trauerfall in der Familie. Dann waren die Pinguine tatsächlich mal in Deutschland, aber diesmal musste ich ihre familiären Verpflichtungen respektieren.

Die Feindschaft hat irgendwann in den Neunzigern begonnen. Telefon-Chatlines waren gerade das heißeste Ding, die Gelddruckmaschinen einiger cleverer Geschäftemacher, die kurz vor dem Durchbruch der Mobiltelefone und des Internetbooms begriffen hatten, dass die Sucht der Menschen nach Kommunikation mit wildfremden Menschen immer größer wurde. Überall wurde für die Chat- und Flirtlines geworben, immer war von tollen Freundschaftscommunities die Rede. Eines Abends saß ich vor dem Fernseher und es kam wieder ein Spot, in dem versprochen wurde, dass man mit der richtigen Telefonnummer die interessantesten Menschen in der nächsten Umgebung kennenlernen könnte. Ich hatte Lust, neue Leute kennenzulernen, vielleicht ja auch eine nette Frau. Ich wählte und wurde mit einem Operator verbunden, der ein paar biografische Details von mir wissen wollte, Hobbies, Lieblingsessen, Musikgeschmack.

Der Operator sagte nach jeder meiner Antworten sehr langsam: »Habe ich«, dann empfahl er mir, mir einen Nickname zu überlegen. »Haben Sie?«, fragte er. Ja, ich war bereit. Ich nannte meinen Chatnamen und war sehr aufgeregt.

Der Operator versprach, mich jetzt sofort mit einem supernetten Menschen in meiner Umgebung zu verbinden. Nach einer Musik, die so wie das Miami-Vice-Theme klang, knisterte es in der Leitung. Stille, Knistern, Atmen. Ich sagte: »Hallo!«

Stille, Atmen.

Ich sagte noch mal: »Hallo!«

Wieder Knacken, Knistern, Atemgeräusche.

Dann kam auch von der anderen Seite ein »Hallo« – ohne Ausrufezeichen, ohne Punkt; dieses Hallo lief eher in das weite Nichts und hatte den Klang, als stünden noch zehn ganz kleine Fragezeichen dahinter.

»Wer ist denn da?«, fragte die Stimme sehr zurückgenommen.

Jetzt brauchte ich ein paar Sekunden.

»Lendenzwerg«, sagte ich kleinlaut.

Wieder Stille.

»Du bist ein Kerl, oder?«

Ich wusste nicht, was ich darauf antworten sollte, nahm mir ein paar Momente Zeit zum Überlegen und beschloss, mit einer Gegenfrage zu kontern.

»Wer ist denn da?«

Auf der anderen Seite wurde noch länger auf Zeit gespielt. Genauso leise wie ich vorher stellte sich die Gegenseite jetzt vor.

»Zichtenhut.«

»Hallo, Zichtenhut!«

»Hallo, Lendenzwerg!«

Wir kamen nicht so richtig in eine Unterhaltung. Zichtenhut aß auch gerne Pommes-Currywurst mit Mayo und Gyros Pita. Das war schnell abgehakt. Der Operator hatte also tatsächlich vernünftige Arbeit geleistet. Dann kamen wir auf Musik zu sprechen und dabei vergaßen wir völlig die Zeit, weil wir in dem Bereich etliche Übereinstimmungen im Geschmack hatten und besondere Vorlieben teilten. Theoretisch hätten wir uns gegenseitig ständig ein »Gefällt mir« geben, Links von der einen zur anderen Seite rüberschicken können, aber es gab ja noch kein Internet. Hier lief lediglich die Zähluhr der Chatline, aber daran dachten wir nicht.

»Ja, aber du bist doch ein Kerl?«, fragte Zichtenhut noch einmal.

»Ja, ich bin ein Mann. Und du?«

»Ich bin auch ein Mann! Sagt ja schon mein Name: Zichtenhut!«

»Ja, meiner ja auch.«

»Ja, aber wolltest du hier Männer kennenlernen?«

»Nicht unbedingt.«

»Ich auch nicht!«

»Wir können ja mal im Gespräch bleiben. Mach's gut, Lendenzwerg!«, verabschiedete sich Zichtenhut.

Am nächsten Abend rief ich wieder bei der Line an. Ich

fragte den Operator, ob Zichtenhut in der Community war. »Zichtenhut hat sich gerade angemeldet. Ich verbinde!«

Wir quatschten wieder eine Weile, vor allem über Musik. Und so ging das noch ein paar Tage weiter.

»Alter!«, stöhnte Zichtenhut irgendwann. »Ich gebe dir jetzt nur noch kurz meine richtige Telefonnummer. Dann kannst du mich morgen anrufen. Heute nicht, ich muss gleich weg. Aber ich hab heute meine Telefonrechnung bekommen. Ich weiß gar nicht, wie ich die bezahlen soll.«

Ich wollte noch sagen, dass wir ja im gleichen Ort wohnten, aber da hatte er schon aufgelegt. Am nächsten Tag bekam ich auch meine Telefonrechnung. Mich traf der Schlag. Zwei Drittel meines Monatsbudgets waren futsch, die Line hatte gnadenlos abgerechnet. Ich hätte lieber ins Casino gehen oder mein Geld sonst wie vernichten sollen. Ich rief Zichtenhut auf seiner Privatnummer an. Es stellte sich heraus, dass wir fast Nachbarn waren. Wir aßen nicht nur gerne Pommes-Currywurst mit Mayo und Gyros Pita, wir bestellten das auch in denselben Buden. In einer davon trafen wir uns eine halbe Stunde später.

Wir merkten, dass wir uns sogar flüchtig über ein paar Ecken kannten, und natürlich hatten wir reichlich Gesprächsstoff, wenn es um Musik ging. Und wir hatten beide dasselbe Problem: die Rechnung von der Line!

»Ich will mich morgen bei einer Telefonhotline bewerben … Du könntest mitkommen, die suchen noch Leute«, sagte Marlon. Das war sein richtiger Name.

»Chatline?«

»Nein, Telefonhotline. Die verkaufen Computerzubehör am Telefon. Immer nach Fernsehwerbungen rufen da die Leute an.«

Das war das andere Telefongeschäft, das gerade groß wurde. Wir bewarben uns und bekamen die Jobs.

»Immer lächeln beim Sprechen«, sagte der Trainer bei der Einweisung, die sofort nach dem dreiminütigen Bewerbungsgespräch begann. Wir saßen in Telefonkabinen, von denen aus wir Sicht auf mehrere Fernsehschirme und einen Monitor hatten, auf dem angezeigt wurde, wie viele Anrufe gerade eingingen. Minutenlang war nichts auf dem Monitor zu sehen. Aber sobald eine Werbung im Fernsehen lief, ging's rund auf der Anzeigetafel.

Computer waren noch längst nicht in allen Haushalten eine Selbstverständlichkeit. Für viele Menschen waren sie Science Fiction. Und das Programm, das wir verkauften, war erst recht unglaublich. Man sprach seine Texte einfach in ein Mikrofon und dann erschienen sie auf dem Bildschirm. In dem Fernsehwerbespot zu unserem Programm hatte die Zukunft längst begonnen.

Etwa siebzig Prozent der Anrufer hatten gar nicht verstanden, dass wir nur dieses Programm verkauften, sie wollten eigentlich lieber den Computer.

»Warum ist der Computer so billig?«, war eine oft gestellte Kundenfrage.

»Wir verkaufen ja nicht den Computer, wir verkaufen das Programm.«

»Was ist ein Programm?«

»Das erweitert Ihre Möglichkeiten am Computer.«

»Aber der Computer ist nicht dabei?«

»Nein, der Computer ist nicht dabei. Das Programm können Sie für Ihren Computer nutzen.«

»Verkaufen Sie denn auch den Computer?«

»Nein, bei uns können Sie das Programm kaufen.«

»Verkaufen Sie denn bald oder demnächst den Computer?«

»Das kann ich Ihnen nicht sagen. Das weiß ich nicht. Im Moment jedenfalls nicht.«

»Ja, dann kauf ich jetzt erst mal das Programm!«

So verliefen etliche Gespräche am Tag. Und wenn sie so verliefen, war es zwar fürchterlich nervig, aber noch erträglich. Andere Kunden waren richtig böse, dass wir den Computer nicht im Angebot hatten, und beleidigten uns. Die schlimmsten Anrufe waren aber die von frühesten Nerds der Computerkinderzeit, die Details des Programms hinterfragten und fachsimpeln wollten. Ich beneidete die Kollegen von der Chatline, die hatten doch einen viel, viel besseren Job.

Nach der ersten Gehaltsabrechnung waren Marlon und ich verzweifelt.

»Die machen hier bestimmt noch mehr Umsatz als die Line, aber die Bezahlung ist ja saumäßig. Damit kriege ich das Minus auf meinem Konto niemals in den Griff. Und um mein Studium muss ich mich auch mal wieder kümmern«, meinte Marlon.

»Vielleicht sollten wir uns mal bei der Line bewerben? Vielleicht zahlen die besser«, sagte ich.

»Mit der Line bin ich ein für allemal fertig«, sagte Marlon.

»Ich auch. Nie wieder Line!«

Wir kündigten umgehend. Während ich wieder mehr für Zeitungen schrieb und schließlich beim Radio landete, baute sich Marlon mit Fechenemahn ein Tonstudio für Radiowerbung und Synchronisationen auf; wir blieben immer in Kontakt. Als sich meine Karriere als DJ immer erfolgreicher entwickelte, fingen Marlon und ich an, gemeinsam Musik zu machen. Nachdem Fechenemahn aus dem Studiogeschäft ausgestiegen war und ich immer mehr Remixaufträge bekam, beschlossen Marlon und ich uns zusammenzutun. Wir machten uns auf die Suche nach einer Wohnung oder nach einem Haus, in dem wir ein Tonstudio und ein Büro betreiben und eventuell auch noch wohnen konnten. Wir besichtigten unzählige Immobilien, aber nie passte es oder es war viel zu teuer.

Dann entdeckte Marlon ein Inserat. »Traumhaftes Familienhaus über zwei Etagen. Etwas Eigeninitiative erforderlich.« Die Miete war verdächtig niedrig.

»Da wird viel zu renovieren sein«, vermutete Marlon.

»Wichtig ist, dass wir da die Technik reinbekommen. Wie es ansonsten aussieht, ist erst mal egal«, sagte ich.

Wir machten einen Termin mit einem Makler und dem Eigentümer, um das Haus zu besichtigen. Als wir dort ankamen, standen Türme von Sperrmüll in der Einfahrt.

»Der Vormieter zieht gerade aus. Ein Musiker, der in finanzielle Schwierigkeiten geraten ist. Neun Kinder.«

»Neun Kinder?«, fragte Marlon. »Ich dachte, das sei ein Einfamilienhaus.«

»Zwei Etagen«, antwortete der Makler. »Hier passt viel rein. Das sehen Sie ja.« Er zeigte auf die Müllberge.

Der Vermieter sagte kein Wort, er guckte wie ein Geheimagent und machte einen Buckel. Er justierte ständig die Brille auf seiner Nase nach und musterte uns misstrauisch.

Die Musikerfamilie war gerade dabei, das Haus besenrein zu kehren. Die Bude war ganz schön runtergerockt.

»Haben wir unrenoviert übernommen. Verlassen wir auch so. Viel Spaß mit dem Vermieter«, sagte der Musiker.

Ich bemerkte nur beiläufig, dass überall Kabel herumlagen oder auf den Wänden verlegt waren. In jedem Raum, auch in den Toiletten. Vor allem fiel mir auf, dass die Räume allesamt holzvertäfelt waren und es nach moderigem Holz muffte.

»Wenn Sie mieten, dann können Sie alles schön sauber machen. Aber das Holz abreißen, das dürfen Sie nicht«, sagte der Vermieter. »Das ist das Haus meiner Mutter. Vielleicht ziehe ich selber mal wieder hier ein. Dann soll alles so sein, wie Mutter es hinterlassen hat.«

Tatsächlich konnte es nach Mutters Abschied nicht anders ausgesehen haben als jetzt. Alles braun. Braunes Holz. Ich spekulierte schon darauf, das untere Geschoss beziehen zu können. Wir betraten dort das Bad, es sah aus wie an Bord einer altspanischen Fregatte. Und es roch noch muffiger als in den anderen Räumen.

»Ja, aber hier müsste man doch was machen können?«

»Nein, das war Mutters Lieblingszimmer«, sagte der Vermieter aufgeregt. Ich versuchte mir vorzustellen, wie sich Mutter stundenlang im Bad zwischen den dunkelbraunen Einbauschränken aus Holz und den Messingarmaturen aufgehalten hatte.

Wir besichtigten die übrigen Stockwerke. Unten war eine Bar, eine kleine Kneipe im Haus, ein Partykeller im Stil der 70er-Jahre. Natürlich alles braun. Gedanklich wohnten wir schon dort, ich hatte schon einen Namen für meinen eigenen Club im Kopf: »Always«. Es gab einen weiteren großen Raum, der optimal als Studio und Büro dienen konnte.

Dann zeigte man uns den Garten. Riesengroß mit einer überdachten Sitzecke, mallorquinischer Hacienda-Stil mit einem Kamingrill. Hinter der Wiese war ein Stück Wald.

Weiter entfernt sah man einen verfallenen Schornstein, der zu einer alten Fabrik gehören musste. Fast idyllisch, irgendwie auch unheimlich.

Bei der Besichtigung aber bestachen, mich jedenfalls, die vielen Vorzüge des Hauses. Ich ahnte nicht, dass mich das ganze Braun erschlagen könnte, ich blickte über die vielen Meter Kabel überall in der Wohnung hinweg, ich ignorierte völlig den Modergeruch und sah auch nicht, dass der Garten ziemlich überwuchert war und das Gras so hoch stand, dass man bestenfalls mit einer Sense darüber Herr werden konnte.

Dem Makler hatten wir schon erzählt, was wir vorhatten. Der Vermieter sagte: »Sie sind mir sympathisch. Ich würde Ihnen die Wohnung überlassen.«

Wir erbaten uns einen Tag Bedenkzeit.

»Da ist viel zu tun«, sagte Marlon im Auto. Er hatte einen klareren Blick für solche Dinge, da er vor dem Studium eine Ausbildung als Elektriker gemacht hatte.

»Kriegst du denn die Technik ins Haus?«, fragte ich.

»Also, da müssen wir neue Leitungen legen, damit das Stromnetz stabil ist und uns nicht ständig die Sicherungen rausspringen.«

»Da waren doch überall Kabel«, sagte ich.

»Ja, Internetkabel. Der Freak hat das ganze Haus vernetzt. Keine Ahnung, was die da veranstaltet haben. Vielleicht WLAN-Parties mit der ganzen Familie«, sagte Marlon.

Mittlerweile war das Internet in deutschen Haushalten angekommen. Aber dass man es so exzessiv nutzte, hatte ich mir bisher nicht vorstellen können.

»Diesen ganzen Kabelsalat da zu entfernen, den die total dilettantisch verlegt und an die Wände getackert haben, das wird bald noch schlimmer, als die vielen anderen Arbeiten zu erledigen, die noch zu tun sind.«

Es stellte sich aber heraus, dass Marlon trotz aller Nachteile, die er sah, genauso von den augenscheinlichen Vorzügen angetan war.

»Da können wir grillen, Party machen, Musik produzieren. Und da haben wir unsere Ruhe.«

Wir mieteten das Haus und in den nächsten Wochen versuchten wir es wohnlich zu machen und das Studio einzurichten. Es war ein brutaler Kraftakt. Zum Glück half uns Marlons Vater.

Als der Sommer kam, hatten wir alles in einen anständigen Zustand gebracht und konnten die spanische Terrasse nutzen. Wir hatten viele Gäste, aber die Leute, die wir nicht so gut kannten, kamen nie wieder zu Besuch. Wenn ich Freunde fragte, wie sie unser neues Domizil fanden, bekam ich oft die gleichen Antworten. Sabine sagte: »Es ist eigentlich alles super. Schön grün. Ihr habt diese Terrasse, den Partykeller. Aber wenn man hierhin kommt in diese abgelegene Gegend … Hinter der letzten Kurve in Richtung Dortmund wird's irgendwie unheimlich.«

»Wie meinst du das?«, bohrte ich nach und war leicht alarmiert, weil Sabine so etwas wie einen sechsten Sinn hat. Wenn nachts Fotos von ihr gemacht werden, tauchen hinterher auf den Bildern Dinge auf, die vorher nicht sichtbar waren.

»Hier sind merkwürdige Schwingungen.«

So etwas in der Art hörte ich immer öfter, aber ich machte mir auch keine großen Gedanken darüber. Es war Sommer, Zeit, die Terrasse und den Garten zu genießen.

»Was ist eigentlich hinter den Bäumen am Ende des Gartens?«, fragte ich Marlon an einem Sonntagnachmittag. Wir hatten diese Grenze noch nie überschritten.

»Da muss dieses alte Fabrikgelände sein. Auf jeden Fall weiter hinten. Ich habe mal versucht durch die Bäume hindurchzugucken, aber da sieht man nichts. Nur Dschungel. Aber irgendwo dahinten muss das Fabrikgelände sein.«

»Sollen wir mal rein?«

»Nur mit Machete und Sense. Haben wir ja alles noch von dem Terror hier im Garten.«

Wir brachen auf wie zwei Eroberer, um die Welt hinter unserem Garten zu erkunden. Wir schlugen uns den Weg durch Brennnesseln frei und sahen, dass es da mal einen verschlungenen, frequentierten Weg gegeben haben musste, der inzwischen überwuchert war. Wir stießen immer weiter entlang dieses vergessenen Pfads vor und standen plötzlich auf dem Gelände einer verfallenen Ziegelei. Alter Ruhrgebietsbau mit riesigen Fenstern, die größtenteils eingeschlagen waren. Wir hätten in die große Halle gehen können, aber irgendwas hielt uns zurück. Wir gingen die Grenzen ab und sahen, dass das Gelände regelrecht abgeschottet war. Da waren hohe Mauern, vor denen es wild wucherte. Zufahrtswege waren rausgerissen und entfernt und mit weiteren Mauern blockiert worden, hinter denen wieder Bäume und alles mögliche Grün wuchs.

Im Grunde genommen war der einzige direkte Zugang zur Ziegelei der von unserem Garten. Es war brütend heiß an diesem Tag. Wir sprachen nicht darüber, ob wir noch die Halle erkunden sollten oder nicht. Wir gingen zurück in Richtung Haus, und sobald wir wieder in dem Wäldchen waren, fühlten wir uns auch sicherer. Hier konnten wir auch wieder mit unseren Werkzeugen wüten.

»Sollen wir uns den Weg so richtig schön frei machen?«, schlug ich vor.

»Auf jeden Fall. Wir legen uns jetzt einen richtigen Privatweg frei. Und später schauen wir mal, ob wir irgendwann noch mal zur Ziegelei gehen. Aber wenn wir uns diesen Weg hier freilegen, dann haben wir doch einen schönen, kleinen verwunschenen Extragarten«, sagte Marlon.

Das Ganze nahm Form an, wir sorgten für Ordnung und legten auf der Mitte der Strecke eine Art Komposthaufen an. Stundenlang waren wir damit beschäftigt, und als es dämmerte, holten wir ein paar Fackeln vom Haus, um unseren neuen Wandelgarten zu illuminieren. Es sah fantastisch aus, wie in einer anderen Welt. Wir holten uns noch ein Glas Wein und liefen den Weg mehrmals auf und ab. Die Luft unter den Bäumen war erfrischend kühl, wir hatten uns einen ganz neuen Ort erobert.

Als ich ein paar Tage später morgens alleine über den Pfad spazieren wollte, fand ich wenige Meter hinter der Grenze zu unserem Garten die Fackeln, die wir aufgestellt hatten, auf einem Haufen über Kreuz liegen. Das sah so aus, als sollte die Botschaft lauten: »Bis hierher und nicht weiter!« Ich las die Fackeln auf und ging zurück. Später erzählte ich Marlon davon, es war schon Abend.

»Mmh, morgen gehen wir da zusammen hin«, sagte er.

Am nächsten Tag machten wir uns auf den Weg. Da, wo zuvor die Fackeln gelegen hatten, kauerte leblos und seltsam verdreht eine schwarze Katze. Ich versuchte ihre Position zu verändern und stieß sie mit dem Fuß an. Unter dem Kinn hatte die Katze einen weißen Fleck. Das war die Katze, die manchmal in unseren Garten gekommen war und nach den Fischen im Teich gejagt hatte, den wir uns angelegt hatten. Mit kleinen Steinen und lauten Schreien scheuchten wir sie immer wieder fort, jetzt lag sie hier völlig erledigt.

»Unheimlich«, meinte Marlon.

»Unheimlich«, bestätigte ich, bevor wir wortlos zum Haus zurückgingen.

Zwei Tage später wagten wir einen erneuten Vorstoß in den Zaubergarten. Diesmal versperrte eine uns unbekannte, weiße tote Katze den Weg.

»Wir haben hier anscheinend nichts zu suchen«, sagte Marlon.

»Ich glaub auch«, bestätigte ich und damit war der Wald hinter unserem Garten erledigt.

Der Sommer ging zu Ende, das Wetter wurde schlechter, der Wald verlor sowieso seinen Reiz als schattenspendender, kühler Ort. Wir entdeckten eine neue andere Welt. Ich hatte noch eine alte Spielkonsole und dafür ein günstiges Game auf dem Grabbeltisch eines Elektromarkts entdeckt.

»Welche Mannschaft nimmst du?«, fragte ich Marlon.

»Die aus Pittsburgh. Die sieht am besten aus. Die Pittsburgh Penguins!«

»Ich nehm die Capitals. Die Washington Capitals!«

Das war der Beginn der niemals endenden Feindschaft zwischen mir und den Pinguinen.

Die Capitals traten täglich unter meinem Kommando gegen die Pinguine an. An manchen Tagen war sogar an Arbeit gar nicht mehr zu denken. Egal, ob es da draußen hinter dem Garten spukte oder Freunde von uns Zweifel hegten, ob wir im richtigen Haus wohnten, wir waren sowieso ständig im Eishockeystadion und lieferten uns unzählige Play-offs, die niemals zu einer Meisterschaft für das eine oder andere Team führten. Die Rivalität ging ewig weiter. Wenn spät nachts ein Sieger festzustehen schien, forderte das unterlegene Team noch eine weitere Chance. Dann war wieder alles ausgeglichen, am nächsten Tag musste die Sache neu verhandelt werden. Zu Weihnachten schenkten wir uns gegenseitig die Originaltrikots unserer Mannschaften. Durch kleine Extras wie dieses wurde uns das Game überhaupt nicht langweilig, die Stimmung in der Eishalle war sowieso besser als sonst irgendwo. Natürlich arbeiteten wir auch noch nebenbei. Sogar viel und erfolgreich. Marlon und ich bekamen viele Angebote, Remixes zu machen. Wir produzierten eigene Tracks, die unter meinem Namen erschienen. Ich machte meine Radiosendungen und war viel als DJ unterwegs. Im Frühling lief, was die Arbeit betraf, alles perfekt. Wir hatten einen guten Plattenvertrag mit einem beachtlichen Vorschuss unterschrieben, ich war schon für gute Sommergigs im Ausland gebucht, der Startschuss zu den nächsten arbeitsintensiven Monaten sollte mit meinem Auftritt bei der »Mayday« in Dortmund fallen.

Marlon und ich fuhren gemeinsam dorthin. Es waren von unserem Haus nur ein paar Kilometer. Wir feierten dort ein wenig, waren aber verhältnismäßig früh wieder zu Hause.

Am nächsten Morgen erzählte Marlon mir, dass er nachts noch im Internet unterwegs gewesen war:

»Ich hab da eine Website entdeckt, da geht's ums Wandern im südamerikanischen Hochgebirge. Das wollte ich ja immer schon mal machen. Und da konnte man auch chatten. Da habe ich mich mit einer Frau unterhalten. Also, die hat mich echt beeindruckt. Ich kann das nicht erklären. Aber wir konnten über Gott und die Welt reden. So ähnlich wie wir damals. Aber eben noch irgendwie anders. Intensiver.«

»Das klingt ja schon fast so, als hättest du dich in diese Frau verliebt. Aber dabei kennst du sie ja gar nicht. Getroffen hast du sie ja auch noch nicht«, gab ich zu bedenken.

»Ich kann dir eines sagen«, sagte Marlon voller Überzeugung, »ich will diese Frau treffen!«

»Woher kommt sie denn?«

»Sie lebt in einem anderen Land.«

»Holland?«

»Nein, viel weiter weg!«

»USA, Pittsburgh?«

»Kein Eishockeyland.«

»Keine Ahnung.« Ich hatte wirklich nicht die geringste Ahnung.

»Sie lebt in Lima. In Peru.«

Ich konnte das nicht ernst nehmen, aber Marlon machte ernst. Irgendwie hatten sich die beiden gesucht und gefunden.

Sie trafen sich regelmäßig im Netz und Marlon sagte nach ein paar Wochen, dass er sie besuchen wolle.

»Das wird verdammt teuer, dahin zu fliegen. Teurer als die Line!«

»Na ja, wenn du meinst, du musst sie sehen ... Aber was wird hier aus unserer Arbeit?«

»Weiß ich nicht. Jedenfalls für die zwei Wochen, die ich zu ihr nach Peru fahren will.«

Mir war klar, dass Marlon mir auf meine Frage keine andere Antwort geben konnte. Ich wusste, dass er nach Peru reisen musste, um Carmen zu treffen.

Im Postkasten lag ein Brief von unserem Vermieter. Er teilte uns mit, dass er das Haus leider verkaufen müsse. Um uns nicht in Schwierigkeiten zu bringen, würde er sich vom Käufer erbeten, dass wir wenigstens weitere sechs Monate Wohnrecht hätten. Der Verkauf an sich sei aber unumgänglich, da er sich in einer finanziellen Notlage befände. Ich hätte ihm gerne ins Gewissen geredet und gefragt, welche Meinung Mutter wohl dazu hätte, aber ich hatte so ein Gefühl, dass diese Nachricht ein Glied in einer Kette von Ereignissen war. Und das sollte sich auch bestätigen. Marlon reiste nach Peru und es gab keinen Zweifel mehr, dass seine Carmen die Frau fürs Leben war. Früher oder später würde Marlon zu ihr nach Peru ziehen. Die Tage für unsere Wohn- und Arbeitsgemeinschaft waren gezählt. So oder so. Es lohnte sich nicht, um dieses Haus zu kämpfen. Der Plattenvertrag war eine andere Sache. Der ›verheiratete‹ Marlon und mich im Grunde genommen für die nächsten zwei Jahre und ein Vorschuss war ja auch schon geflossen. Marlon stieg aus dem Vertrag aus, ich blieb weiterhin solo bei der Plattenfirma unter Vertrag und produzierte noch ein paar Clubhits mit Lützenkirchen. Der Rest ist schnell erzählt. Carmen stammte aus einer wohlhabenden Familie in Peru, sie bekam bald ihr erstes Kind von Marlon. Eine Tochter. Inzwischen leben sie glücklich in Peru und es kam noch ein Sohn dazu. Marlon wohnt in Lima mit seiner Familie, regelmäßig muss er für ein paar Tage ins peruanische Hochland reisen, wo er für seinen Schwiegervater eine Spargelfarm managt. Das sind einsame Nächte in einem schlichten Hotelzimmer für ihn. Zwischen uns liegen nicht nur die vielen tausend Kilometer, es gibt auch einen großen Zeitunterschied. Manchmal, wenn ich spät nachts noch wach bin, dann quatschen wir miteinander über Skype. Manchmal machen wir auch Musik, indem wir unsere Musikdateien übers Netz hin- und herverschieben. Es tut gut, ihn zu sehen und mit ihm zu sprechen. Doch eine Sache bleibt immer offen: Wie geht es weiter mit den Capitals und den Pinguinen? Es wird niemals einen klaren Endstand geben. Niemals. Aber wenn Marlon das nächste Mal in Deutschland ist oder ich in Peru bin, dann wünsche ich mir einen Zeitlupenmoment. So einen Moment, wie ihn Balotelli hatte, als er Deutschland während der Europameisterschaft 2012 mit seinem zweiten Tor zerlegt hat. Wir wissen, dass dieser grandiose Auftritt von Balotelli nicht die Meisterschaft für Italien bedeutet hat. Aber wie er da so stand und der ganzen Welt gezeigt hat, dass er der Mann ist, der ein großes Spiel entschieden hat, so möchte ich für meine Capitals ein- stehen. Ich möchte diese verdammten Pinguine an einem Abend in die Schranken weisen und hinterher sagen: »Das war der schönste Tag in meinem Leben!« Sportlich, natürlich.

Der goldene Berg

»Du musst zum ›Golden Mountain‹. Wenn man dort ganz oben von einem Mönch gesegnet wird, dann verändert das etwas in einem«, sagte mein Freund Stephan.

Mit Stephan bin ich lange Zeit einmal jährlich auf »1000 Islands«-Tour gegangen, bei der wir so viele griechische Inseln wie möglich bereisten. Wir sind gemeinsam im Polarkreis gewesen und wochenlang durch Vietnam gezogen. Nach Thailand war Stephan allerdings alleine gereist. Als ich ihm von dem ganzen Stress erzählte, den ich in der letzten Zeit erlebt hatte, riet er mir in Thailand auszuspannen.

Nach zwei Wochen Erholungsurlaub auf Koh Samui kam ich in Bangkok an. An dem Tag, als ich den »Golden Mountain«-Tempel besuchen wollte, feierten die Buddhisten ihr Lichterfest – Loi Kathrong. Zu den Millionen Menschen, die sowieso schon in Bangkok leben, waren außer mir anscheinend weitere Millionen nach Bangkok gepilgert, um ihre Sünden auf kleinen Lotusblumenflößchen den Fluss herunterschwimmen zu lassen oder den »Golden Mountain« zu besteigen. Ich ließ mich von einem Mofataxi zum Vorplatz des »Golden Mountain« fahren und stand inmitten einer riesigen Menschenmasse. Nachdem ich mich einmal in eine Schlange eingereiht hatte, die sich ganz langsam nach oben auf die Spitze des Tempelberges zubewegte, gab es auch kein Zurück mehr. Ich war ein Glied in dieser Kette von Pilgern und gezwungen, mit ihnen gemeinsam den Weg fortzusetzen, der unglaublich eng war. Nach wenigen Sekunden war ich so verschwitzt, dass mir die Kleidung nass am Körper klebte. Es herrschte eine ganz feierliche Stimmung. Obwohl ich mich unter so vielen Menschen befand und auch ständig Gemurmel, Musik und Glocken zu hören waren, lag eine eigentümliche Stille über diesem Menschenauflauf. Der Marsch in langsamen Trippelschritten auf den Tempelberg dauerte über eine Stunde. Unter dem Dach der goldenen Kuppel saßen drei Mönche und spendeten Segen. Einer winkte mich zu sich heran. Ich kniete vor ihm nieder. Ich verstand nicht, was er zu mir sagte, aber ich fühlte mich wohl.

Oma war gestolpert. Das war die traurige Nachricht, die mich erwartete, als ich aus Thailand zurückkehrte. Als ich sie im Krankenhaus besuchte, wo sie hilflos und schwer mitgenommen in einem Metallbett lag, gingen mir Bilder von früheren Besuchen bei ihr durch den Kopf. Wie wir immer nebeneinander auf ihrem Sofa gesessen hatten, seit meiner Kindheit. Meine Hand, die immer größer wurde, in ihrer, die sich immer noch so hart und schwielig anfühlte wie damals an Heiligabend, als ich mit ihr zur Bescherung gegangen war.

Oma war schon oft gestolpert, aber außer ein paar blauen Flecken hatte das keine schwerwiegenden Konsequenzen gehabt. Diesmal war es allerdings schlimmer. Der Klassiker: Oberschenkelhalsbruch. Das von Oma immer wieder gepriesene »gute Heilfleisch« ließ sie auch dieses Mal nicht im Stich. Der komplizierte Bruch verheilte relativ schnell, auch wenn keine Aussicht darauf bestand, dass Oma bald wieder laufen würde wie ein Teenager. Die Frau war schon Mitte neunzig.

Während das Bein sich besserte, wurde Oma aber immer verwirrter, je länger sie im Krankenhaus lag. Die täglichen Rituale fehlten ihr: Kuchenbacken, Telefonieren mit mir, mit ihrer Schwester, mit meiner Schwester. Alles tagtäglich immer zu denselben Uhrzeiten. Die Besuche von Nachbarn, die allwöchentliche Lieferung von Eiern durch einen Landwirt. All die Dinge, die Omas Leben Ordnung und Orientierung gegeben hatten, fehlten ihr im Krankenhaus. Da waren alle Tage so gleich wie die weißen Wände und Bettbezüge. Und weil das alles so eintönig war, fing Oma an, zu fantasieren.

»Ist sie drüber oder kommt das von den Medikamenten?«, fragte ich meine Schwester Petra, die ausgebildete Krankenschwester ist.

»Sie ist alt. Die Medikamente spielen vielleicht eine Rolle. Aber am Ende: Einen alten Baum kann man nicht verpflanzen«, sagte Petra.

»Sollen wir sie zurück in ihren Garten bringen?«, fragte ich.

»Wenn wir das machen, dann wird's hart für uns. Aber ich glaube, wir sollten es machen.«

Wir brachten alles auf den Weg, organisierten ein höhenverstellbares Pflegebett und richteten Omas Wohnung so ein, dass wir die Vollzeitpflege im Schichtdienst übernehmen konnten. Wir engagierten zusätzliche Pflegekräfte, die uns entlasteten, wenn wir selber nicht da sein konnten. Petra übernahm die Organisation der Pflege, ich wurde Manager vom »Haus Sonnenschein«, wie ich dieses Projekt in Gedanken nannte. Ich machte Einkäufe und baute eine DVD-Mediathek mit Filmen auf, die auch in polnischer Sprache synchronisiert waren. In den Frühdiensten lösten Petra und ich uns ab, jeder von uns verbrachte so viel Zeit wie möglich bei Oma, ansonsten war in den Nächten immer jemand vor Ort. Oma blühte wieder auf. Sie kam nicht mehr aus dem Bett, aber die vertraute Umgebung tat ihr gut. Vom Bett aus machte sie ihre Telefonate, sie konnte Besuch von Bekannten empfangen. Aber natürlich war das das Maximum - wir konnten sie nicht gesund pflegen. Oma lag sich auf die hundert zu. Wir sprachen nicht mehr viel, Oma und ich. Es war trotzdem die intensivste Zeit, die wir miteinander gehabt haben. Ihre Hand lag nun immer in meiner. Ich frage mich, was sie dabei gedacht hat, wenn ich ihre Hand umschlossen hielt?

Meine Schwester und ich kamen an unsere Grenzen. Das ständige Liegen im Bett ohne Bewegung führte dazu, dass Oma auch hier langsam, aber sicher die Orientierung verlor.

Sie begann wieder zu fantasieren. Aus den Fantasien wurden Horrortrips in die Vergangenheit, deren Schrecken nur mit Medikamenten zu lindern waren. Nächtelang versuchten Petra und ich Oma zu beruhigen, aber es gelang uns nicht mehr. Wir lösten das »Haus Sonnenschein« auf und brachten Oma in ein Pflegeheim. Mit den starken Mitteln, die dort zur Verfügung standen, ging es ihr geistig wesentlich besser, aber sie baute trotzdem weiter ab. Ich besuchte sie, so oft ich konnte. Sie sprach wenig. Manchmal bat sie mich um ein »eiskaltes Bier, eiskalt«. Die Pflegerinnen erlaubten mir, eine kleine Dose von der nächstgelegenen Tankstelle zu holen. Nach ein paar Monaten sagte Oma überhaupt nichts mehr. Sie lag einfach nur noch da. Ich hielt und streichelte ihre Hand. Wenn das Essen kam, reichte ich es ihr an, so wie ich es heute für meine beiden kleinen Söhne tue. Oma nahm immer nur vier, fünf Löffel. Dann winkte sie ab und signalisierte mir, dass sie nichts mehr wolle.

An einem Tag hatte Oma einen ungewöhnlichen Appetit. Sie verschlang alles, was ich ihr zum Mund führte. Sie wirkte dabei ausgesprochen lebhaft. Nach einem Löffel Kartoffelpüree trafen sich unsere Augen seit langer Zeit mal wieder richtig intensiv. Ich sah den alten, fast schon vergessenen Glanz auf ihrer Iris.

»Oma, schmeckt es dir?«, fragte ich sie.

Omas Gesichtsausdruck war unentschlossen. Dann sagte sie: »Zur Not geht's.«

Das waren seit langer Zeit die ersten und zugleich die letzten Worte, die ich von ihr hörte.

Ein paar Tage später starb sie. »Ruhig dahingeschlafen«, sagte mir die Pflegerin am Telefon. Ich muss glauben, dass es so war. Ich wünsche es mir. Dabei gibt es nicht so viel zu wünschen. Dafür, dass ich so lange Zeit die Möglichkeit hatte, von Oma Abschied zu nehmen, bin ich dankbar.

Die lange Fahrt

»Liebe mich Leben« heißt ein Song von der Gruppe Klee, für den ich einen Remix machen sollte. Ich hatte schon einige Remixes gemeinsam mit Marlon für die Band gemacht. Diesen Song hätte ich gerne bearbeitet, aber es war schwer den Termin zu halten. Die Pflege und die Besuche bei Oma nahmen mich ziemlich in Beschlag. Ich bat meinen Radiopartner Larse um Hilfe, der das Projekt schließlich zu 95 Prozent alleine fertiggestellt hat. Wenn ihr also den »Mike Litt Remix« von »Liebe mich Leben« hört, bedenkt, dass da vor allem Larses Handschrift drinsteckt. Wer auf dem Cover genauer nachliest, wird in dieser Hinsicht auch keine Überraschung erleben. Als »Executive Producer« ist Larse vermerkt und – das macht ja einen guten Produzenten aus – die Stimmung, in der ich mich damals befunden habe, ist in dem Remix gut hörbar.

Auf Larse war damals Verlass, und auf Larse ist überhaupt seit mehr als zehn Jahren Verlass. Seitdem sind wir sozusagen eine Band, seitdem machen wir gemeinsam die Show »Klubbing« beim Radiosender 1Live. Wir haben unsere Solo-Projekte, Larse produziert seine Musik, ich bin »der einsamste DJ der Welt« und mache dies und das. Aber zusammen sind wir mittlerweile so etwas wie eine der ältesten lebenden und ständig aktiven Bands der Welt. Mit allem, was dazugehört. Es gibt Geschichten, Abgründe und

Höhen, von denen unsere Hörer keine Ahnung haben. All das Zeug, das in Bandbiografien steht. Dem ist bisher noch kein Chronist nachgegangen, dabei gibt es reichlich davon. Momente zwischen Leben und Tod, Eifersucht, Zueinanderhalten, auch in anderen Situationen als in den letzten Lebensmonaten meiner Oma. Dass wir den Deckel draufgehalten haben, wenn es schwierig wurde, und unsere Zwei-Mann-Band zusammengehalten haben, ist mit ein Grund dafür, dass wir so lange Zeit unser Ding namens »Klubbing« machen konnten. Der Sender gibt uns die Plattform. Danke! Aber was würde die nutzen, wenn sich die beiden darauf nicht einig wären?

Was macht man am Freitagabend? Man geht aus, man verbringt ihn mit Freunden, mit den Liebsten. Larse und ich verbringen ihn seit weit mehr als zehn Jahren, über fünfhundert Mal, miteinander. Blanke Zahlen. Wer hält dagegen?

Wenn wir nicht miteinander im Studio sind oder waren, dann meistens in Clubs und vor allem in Autos. Wir haben Zigtausende Kilometer gemeinsam runtergefahren. Natürlich vom Ruhrgebiet zum Sender und zurück, immer wieder auch zu DJ-Gigs oder sogar in der Freizeit. Larse ist der einzige Mensch, mit dem ich auf einer deutschen Autobahn mehrere Kilometer im Rückwärtsgang gefahren bin, und er wird es hoffentlich auch bleiben. Mit Larse wurde ich in Amsterdam in einen absurden Verkehrsunfall verwickelt, der niemals aktenkundig wurde (keine Personenschäden, lediglich Materialverschleiss, den ich aus eigener Tasche bezahlt habe), mit Larse habe ich einen meiner Wagen in einer Tiefgarage halb zu Schrott gefahren. Gott sei Dank haben wir die Phase der Crashes hinter uns. Ich vertraue mittlerweile sogar schon beim Autokauf auf Larses Ratschlag und bin damit gut beraten.

Nur einmal hatten Larse und ich eine lange Fahrt zurückzulegen, konnten aber auf kein eigenes Fahrzeug zurückgreifen. Nicht einmal auf den Wagen von Larses Vater Heiko, der uns in ähnlichen Situationen immer seinen BMW überlassen hatte. Wir mussten zu einem gemeinsamen DJ-Gig nach Aachen reisen, weil es dort ein Happening unseres Sender gab: »1Live – eine Nacht in Aachen«. Das bedeutete, dass der Sender in etlichen Locations der Stadt Parties und Events veranstaltete.

»Meine Karre ist in der Werkstatt«, erklärte mir Larse am Morgen vor der geplanten Abreise.

»Meine auch«, musste ich antworten. »Und DJ Heiko? Leiht der uns seinen Wagen?«

»DJ Heiko fährt in den Urlaub.«

»Mietwagen?«

»Wäre eine Möglichkeit.«

»Bahn?«

»Bahn geht gar nicht! Absolut inakzeptabel.«

Es blieb also nur noch Laufen, Mietwagen oder vielleicht die Mitfahrzentrale.

»So rein spaßeshalber könnte ich das ja mal checken, ob wir über die Mitfahrzentrale eine Fahrt nach Aachen bekommen, bevor wir jetzt direkt einen Wagen mieten.«

»Check du«, sagte Larse. »Ich wäre eigentlich für einen Leihwagen, aber man kann's ja mal probieren.«

Auf der Homepage der Mitfahrzentrale gab's am Freitag mehrere Angebote, um nach Aachen zu kommen. Ich blieb bei einem Inserat hängen:

»Cooler Lowride in die Kaiserstadt. Zwei Seats frei. Babes

or musiclovers welcome! Treffpunkt 15 Uhr Hauptbahnhof Dortmund. We love the green! Mobile 0049 17XXXXXXXX«

Komische Kombination: Lowride und Kaiserstadt.

Ich klingelte die Nummer an und nach einer halbminütigen Warteschleife, die so klang, als würde jemand sein Auto auf einen gebrochenen Beat bremsen, hörte ich eine tiefe Stimme »Yo!« sagen.

»Ja, hallo! Ich rufe an wegen der Mitfahrgelegenheit nach Aachen.«

»Yo, wer iss'n da?«

»Ich bin's, Mike …«

»Yo, Bro, Mike … Du willst nach Cesar's Ciddy … Nur bei dir?«

»Nee, wir sind zu zweit. Mein Kollege und ich.«

»Wassup, Bro? Habt ihr Luggage?«

»Zwei Taschen, kleine Koffer sozusagen. Nicht viel«, antwortete ich. Folgen konnte ich dem Typen ja, aber mir kam sein Bro-Getue schon ein bisschen merkwürdig vor. War das ein Casting? Larse und ich suchten eine Mitfahrgelegenheit nach Aachen. Aber bevor ich das Gespräch infrage stellen konnte, ging's schon weiter im Text.

»Listen, Man, ihr könnt den Ride haben. Die Charge ist ein grüner Schein. Treffpunkt: Main Station Do-City nachher um 3 p.m. ...«

»Äh, ein grüner Schein? Hundert Euro? Wir hatten schon vage angedacht, uns einen Wagen zu mieten …«

»Easy running, easy running. Euch zwingt ja keiner zum Ride. Alter, ich sag dir hier nur die Kondition. Take it or leave it. Do or die!«

»Ja, eh, gibt's Getränke an Bord?«, wollte ich wissen.

»More nice, much more nice! Ich bin Curtiz. Wenn ihr

mitfahren wollt, sag's mir jetzt, Bro! Ansonsten: Don't give a shit!«, brummelte Curtiz, am Anfang seiner Antwort noch ganz freundlich, gegen Ende leicht feindselig. Ich beeilte mich zu antworten, bevor Curtiz so etwas wie »end of discussion« anordnen konnte:

»Curtiz, wir sind da! 15 Uhr. Auf dem Parkplatz beim McDonald's am Hauptbahnhof?«

»Cool, Mann, cool«, grummelte Curtiz und schnalzte mit der Zunge. »Genau da, am MC. Cool, Mann. Den Schein reicht ihr mir am Start rüber, all right?«

»For sure«, sagte ich.

»Okay, Bro. Ich komme mit meinem Partner Don in einem schweren Wagen. Kann sein, dass wir nicht direkt auf dem Parkplatz halten können. The car is too big. Ihr werdet uns recognizen. 3 p.m. – that's the joint! Peace!«, krächzte Curtiz noch, bevor er auflegte.

Ich rief Larse an und erklärte ihm grob die Modalitäten.

»Ist doch totaler Quatsch, so eine Fahrt für 100 Euro ... aber ... egal«, sagte Larse. Wir standen zu zweit vor dem McDonald's und nach ein paar Minuten hörten wir extrem tiefe Bässe und sahen ein gigantisches Monstercar auf den Parkplatz zugleiten. Ein schwarzes Ungetüm mit riesigen Metallfelgen, in dem eine gigantische Musikanlage stecken musste. Die tiefen Töne wummerten alle Pflanzen im Radius von zehn Metern platt. Vor der Schrankeneinfahrt zum Parkplatz kam das unwirkliche Gefährt zum Halten. Der Fahrer erkannte offensichtlich, dass der Weg zu eng war. Der Truck – obwohl es keiner war; trotz der gewaltigen Ausmaße schien das ein Fahrzeug für maximal fünf Personen zu sein – setzte ganz langsam zurück. Wer da hinter dem Steuer saß, konnte man nicht erkennen. Das Cockpit war zu hoch, um reinzuschauen. Außerdem waren die Scheiben dunkelgrün getönt. Ich fragte mich, ob so etwas überhaupt für den Straßenverkehr zugelassen war. Immerhin, das Nummernschild war gut erkennbar: Offensichtlich war der Wagen in Österreich zugelassen, die Siegel sahen vertrauenerweckend aus, das Kennzeichen lautete: »Shakur X1«. Der Wagen stoppte am Rand zur Einfahrt mit blinkenden Warnleuchten, die Beifahrertür öffnete sich und der Innenraumsound donnerte Larse und mir jetzt mit voller Wucht entgegen. Ein kranker, Cyprus Hill-artiger Loop. Nach dem Sound sprang ein Hund auf die Straße. Ein weißer Kampfhund mit kolossalem Schädel und riesigem Gebiss. Er trug ein Nietenhalsband und kauerte sich direkt an den Bordstein, wo er anständig Flüssigkeit abließ. Dann kam auf der verchromten Trittstufe ein komisches Paar weißer Sneakers zum Vorschein, mit extrem hohen Sohlen, in die Leuchtdioden eingelassen waren. In den Schuhen steckten zwei spindeldürre, käsige Beine, die aber offensichtlich schwer genug waren, um die Lämpchen in den Schuhen über einen Kontakt bei Belastung zum Leuchten zu bringen. Keinen Augenblick später war der komplette Mensch, der in diesen bizarren Schuhen steckte, zu sehen. Ein hageres Männchen, kalkweiß, in einem hellglänzenden Basketballdress, mit blondgefärbten Haaren, die über der Stirn zu einer schmalen Tolle hochgebürstet waren. Es hüpfte auf den Asphalt, die Birnchen in den Sohlen blinkten ganz wild. Der Typ schrie den Hund an, wir konnten aber nicht verstehen, was er da brüllte, denn der Motor und die wummernden Bässe aus dem Auto waren zu laut. Dann schaute er wie ferngesteuert einmal um sich herum, schlug die Tür hinter sich zu, fixierte uns kurz und kam dann zu uns. »Ihr wollt nach Aachen fahren, woll?«, fragte er. Derbster Ruhrgebietsakzent. Wir stellten uns kurz vor.

»Ich bin Don«, sagte das Männchen. »Lasst uns das Geschäftliche sofort klarmachen. Da krieg ich von jedem einen Hunni, bitte!«

Ich beschwerte mich, dass Curtiz nicht gesagt habe, dass der Fahrtpreis pro Person gelte.

»Kannse gleich mit Curtiz klären, wenn ihr mitfahren wollt. Aber er hat gerade noch zu tun. Ich sollte euch erst mal reinholen. Aber es steht fest, dass er davon ausgeht, dass jeder einen Hunni lackt. Wir müssen schließlich tanken!«

Larse schaute mich genervt an. Wir versuchten uns kurz zu beraten, aber uns war klar, dass wir eigentlich keine Wahl hatten. Die Zeit rannte uns davon. Mit einem Mietwagen wäre die Fahrt insgesamt nicht viel günstiger gewesen und ein Taxi kam erst recht nicht in Frage. Ich nahm mir vor, die Angelegenheit mit Curtiz direkt im Auto zu besprechen.

»Donny, lass uns erst mal einsteigen, bitte. Wir reden gleich mit Curtiz.«

Don nickte und ging zur Hintertür, vor der am Bordstein noch der Hund hockte. Er gab ihm einen leichten Tritt, dann machte er das Auto auf.

»Erst steigt einer von euch ein. Dann der hier«, er deutete auf den Hund, »und dann der nächste!« Larse verdrehte die Augen, ging aber vor. Wir trugen beide noch unsere DJ-Taschen in den Händen, Donny bot uns aber nicht an, sie im Kofferraum zu verstauen. War auch nicht nötig. Die Rückbank bestand aus drei riesigen, geschalten Rücksitzen, in denen jeder von uns plus Tasche versinken konnte. Und auf dem mittleren sollte ja wohl offensichtlich der Kampfhund Platz nehmen. Ganz geheuer war mir der Köter nicht, aber anscheinend war er gar nicht aggressiv. Eigentlich unvorstellbar bei der genetischen Veranlagung des Hundes und der Lautstärke, die im Auto herrschte. Curtiz saß mit einem riesigen Handy am Steuer. Völlig überdimensioniert. Entweder war das der heißeste Scheiß aus Las Vegas oder ein Spezialmodell für Senioren und Menschen mit einer Sehschwäche. Curtiz war anscheinend gerade schwer mit einem SMS-Chat beschäftigt. Er nahm von uns so gut wie keine Notiz. Winkte kurz mit einer riesigen Pranke zu uns nach hinten, starrte dabei aber gebannt auf sein Display. Wenn eine neue SMS bei ihm ankam, klingelte es schrill, Curtiz schrieb ein Wort wie »geil« oder »respect« zurück und knallte noch ein Emoticon dahinter, zum Beispiel ein Smiley mit Sonnenbrille oder Pfeifmund. So ging das noch etwa fünf Minuten lang, bis er in Großbuchstaben LOL schrieb und noch ein paar Smileys in grün hinzufügte. Dann schob er sein Megahandy in die Seitenablage der Fahrertür und drehte die Musik leiser.

»Yo, Brothers!«, grüßte er uns. »Seid ihr Plattendreher, oder was?«

»Ja, ja«, grummelten wir.

»Obercool! Und ihr seid auf dem Weg nach Aachen? Da gibt's nur eine Party, die der place to be ist. Aber da kenn ich alle DJs, da gehört ihr zwei Vögel nicht dazu.«

Zwei Vögel, ein Hund, ein Bär und ein Erdmännchen – das war also unsere Reisegruppe auf dem Weg in die Kaiserstadt.

»Curtiz, Donny hat uns gerade gesagt, dass du von jedem von uns einen Hunderter haben willst. Das müssen wir jetzt erst mal klären. Ich hatte dich anders verstanden. Hundert insgesamt. Und ich denke, mehr wäre auch nicht angemessen.«

»Brother, was ist angemessen? Ist diese Karre hier angemessen? Ihr fahrt First Class mit Don und mir nach Aachen. Ihr kommt da super gechillt an … Ich weiß ja nicht, wie ihr sonst zu euren Gigs reist, aber das hier ist ja wohl der Burner!«

Larse meinte, dass er noch nie First Class neben einem Kampfhund irgendwohin gereist ist. Auch mir fehlten erst mal die Worte.

Curtiz drückte einen Knopf am Armaturenbrett und vor uns in der Mittelkonsole öffnete sich eine Jalousie und ein kleiner Kühlschrank kam zum Vorschein. Vollgepackt mit Energy-Drinks.

»Alles icecold«, sagte Curtiz.

»Wenn wir den Schrank leer haben, sind wir völlig rappelig, dann können wir in Aachen gleich im Hospital einchecken«, meinte Larse.

Don fragte mich, ob ich was gegen seinen Hund hätte.

»Donny, ich hab nichts gegen deinen Hund. Wir haben nur was gegen den Fahrpreis. Aber wie heißt der Hund eigentlich?«

Don nuschelte irgendwas Unverständliches und erzählte noch was davon, dass es sich um eine exklusive Mischung handele, in der auch ein Schuss Mastino steckte. Curtiz übernahm wieder das Wort.

»Okay, Brüder. Ihr seid zu zweit. Ich hatte eigentlich damit gerechnet, dass nur eine Person mit nach Aachen fahren will. Deshalb gebe ich euch einen guten Bargain. Mit Einsfünfzig seid ihr dabei. Cool? Cool?«

Er streckte uns seine Faust entgegen und wartete auf unsere Erwiderung zur Bestätigung des Deals. Wir boxten lasch gegen seine Ringsammlung.

Curtiz trat kräftig aufs Gaspedal, der Wagen vibrierte massiv. Dann regelte er etwas an der Klimaanlage, Larse, dem Hund und mir schoss ein Schwall relativ warmer Luft entgegen.

»Curtiz, ich vertrage keine Klimaanlagen. Da kriege ich gleich eine Schleimhautentzündung …«

»Don't panic, Bro! Die Kühlung ist wack. Ist nur Innenluft.«

Der Wagen rollte langsam los, aus der Dortmunder Innenstadt in Richtung A40. Bevor wir die Auffahrt erreicht hatten, präsentierte Don zwei riesige Joints. »Jungs, wollt ihr einen? Gehört zum Ticket!«

Larse und ich lehnten ab. Ich schlug Larse vor, einen Energy-Drink zu nehmen. Wollte Larse auch nicht: »Ich hab eben noch einen großen Kaffee getrunken. Wenn ich mir jetzt so ein Ding reinschraube, krieg ich Theater mit dem Hund, weil ich so zappelig bin.«

Der Hund war aber völlig entspannt, er hatte seinen ziegelsteinartigen Kopf mittlerweile in meine Richtung gelegt und gab den Blick auf seinen Bauch und sein gewaltiges Geschlechtsteil frei. Ich versuchte, die ganze Situation zu verstehen, kam aber nur zu der bloßen Feststellung, dass Curtiz ein sehr großes Auto besaß und Don einen sehr großen Hund hielt. Also in Relation. Don war ja selber nicht so groß, deshalb wäre ein Bernhardiner zum Beispiel nicht so passend gewesen. Und beide mochten große Joints, die sie verdammt schnell wegrauchten. Jedesmal, wenn sie an den Dingern zogen, verglühten ein, zwei Zentimeter. Ich machte mir Sorgen wegen des Gebläses. Würde möglicherweise ein Teil des Qualmes in unseren Lungen landen? Wie viele Energy-Drinks würden wir am Ende der Fahrt brauchen, um halbwegs klaren Kopfes unserer Arbeit nachgehen zu können?

»Don, ich bin verdammt hungry. Wie sieht's mit dir aus?« Dann wandte sich Curtiz zu uns. »Und bei euch, Bros? Könnt ihr einen guten Burger vertragen?«

Larse wollte wissen, ob der im Fahrpreis inbegriffen war.

»Nein, sorry! Not today«, sagte Curtiz.

Wir waren gerade erst zehn Minuten unterwegs, da fuhren wir an der Borussiastraße schon wieder von der Autobahn runter, weil Curtiz eben hungry war. Natürlich konnte er mit dem Monstertruck nicht an den Drive-in-Schalter fahren. Zu groß!

Auf dem Parkplatz vor dem Burger-Restaurant gab Curtiz seine Bestellung bei Donny auf: »Don, meins wären zwei von diesen dicken Spezialburgern als großes Menü mit zwei großen Colas und den doppelten Portionen Pommes. Und dazu bestell mir noch vier Pakete Amsterdam Cream, okay?«

Donny guckte unbeholfen aus der weißen Wäsche. »Was is'n Amsterdam Cream?«, wollte er wissen.

»Oh, Mann, Bro«, stöhnte Curtiz genervt. »Amsterdam Cream ... Weißt du, for the sake, nicht, was Amsterdam Cream ist?«

Donny zog schüchtern die Oberlippe hoch. Es war ihm sehr peinlich, dass er nicht wusste, was Amsterdam Cream ist. Die Musik wummerte zwar noch im Hintergrund, aber es herrschte eine greifbare, zur Skulptur gewordene, gespenstische Stille zwischen Curtiz und Donny.

Curtiz drehte die Musik komplett herunter, trommelte

mit den Fingern auf einer Zierleiste und atmete noch ein paar Mal tief durch.

»Don, Amsterdam Cream ist Mayonnaise, Mann.. Für alle meine anderen Brüder ist das so was von klar. Also. Bro, bring mir bitte ein fettes Package ›Amsterdam Cream‹ mit, okay?!«

Donny guckte verschämt und öffnete seine Tür. Ab diesem Augenblick war die unheimliche Stille der letzten Minuten jäh zu Ende. Der Hund schien völlig durchzudrehen. Extrem nervös und hektisch schraubte er sich aus seiner Relaxstellung heraus und versuchte seinem Herrchen zu folgen, rutschte mit seinen Pfoten aber immer wieder auf dem Lederbezug ab. Außerdem schnappte er in alle Richtungen und Larse und ich bekamen wirklich Angst, dass er uns einen Schmiss verpassen würde. Donny zog irgendwoher eine Reitgerte hervor und haute dem Hund damit auf das kantige Maul. Er schrie auch ein paar Mal den Namen des Hundes, aber ich konnte ihn nicht verstehen. Donny hatte wieder alles vernuschelt. Der Hund setzte sich jedenfalls artig neben Larse und mich, und als Curtiz dann sanft die Musik lauter drehte, kehrte wieder so etwas wie Normalität zurück.

Nach ein paar Minuten tauchte Donny mit dem ganzen Food auf. Für sich selber hatte er zwei Dutzend mit Chili gefüllte Käsekroketten gekauft. Larse und ich redeten nicht viel, wir beobachteten verwundert und amüsiert, wie schnell Curtiz und Donny sich das Zeug reinfegten. Donny war zuerst fertig und kramte in den Papiertüten rum und zog dann zwei schwarze Plastikteile hervor. Kinderspielzeug war das nicht, die Dinger sahen eher wie zwei Halter für Getränke aus. Curtiz war noch mit seinem zweiten Burger und einer

Schale voller mit Amsterdam Cream besudelter Pommes beschäftigt, als Donny diese Halter in den Schlitzen der Lüftungen gegenüber dem Fahrer und Beifahrer befestigte. Die Halter rasteten mit Klickgeräuschen ein und schienen so tatsächlich ziemlich stabil zu sein. Donny stellte zwei Getränkebecher hinein.

Curtiz schnaubte beim Kauen: »Cool, Man. Cool. Aber brauchen wir ja eigentlich nicht. Wir haben doch die geilen Cupholder hier in der Mittelkonsole.« Er leckte sich etwas Amsterdam Cream von einem seiner schweren Silberringe.

»Waren Give Aways zu den Menüs«, stellte Donny klar. Curtiz grunzte irgendwas wie »Yo«.

Als Curtiz endlich sein Kilo Fastfood verputzt hatte, packte er die leeren Schachteln in eine Papiertüte und faltete die dann so klein wie möglich. Donny nahm ihm den Müll ab und stieg aus, um den Abfall zu entsorgen. Der Hund wollte wieder hektisch werden, aber Donny verpasste ihm diesmal präventiv eins mit der Gerte.

Der Hund blieb still auf seinem Platz, Curtiz stöhnte ein lautes, zufriedenes »Aah« und meinte, dass er jetzt ganz »massive geeased« sei. So könne man also langsam nach Aachen fahren. »Langsam« war das Stichwort. Curtiz steuerte den Wagen extrem langsam zurück auf die Autobahn und auch da trat er nicht richtig aufs Gas. Ich fragte mich, ob das daran lag, dass Curtiz so »geeased« war, oder ob er seinen Wagen so für die anderen Autofahrer mehr in Szene setzen wollte. Ich schaute nach links und sah, dass Larse und der Hund dösten. Donny holte wieder zwei Joints hervor und reichte auch wieder einen in unsere Richtung. Larse winkte nur schlaff und müde ab, ich schüttelte den Kopf. Der Hund schnappte kurz in Donnys Richtung, bemerkte aber wohl selber rasch, dass das kein Leckerli für ihn war. Wir fuhren so langsam, dass es kein Wunder gewesen wäre, wenn wir von der Polizei angehalten worden wären.

Don und Curtiz rauchten ihre nächsten Joints und fingen an, sich zu unterhalten. Es ging um Frauen, immer war von Chicas, Ladies, Sluts, Bitches und Booties die Rede. Beide protzten mit ihren »Greatest Moments«. Curtiz hatte ein halbes Dutzend Whirlpool-Geschichten auf Lager, Donny war eher der romantische Typ. In seinen Geschichten kam es meistens nachts an einem Strand auf Mallorca zum »Thang«. Larse verdrehte die halb geöffneten Augen, ich war drauf und dran, Donny zu fragen, warum er sich immer nur nachts am Strand rumtrieb. Seiner käsigen Haut hätte ein bisschen Sonne doch bestimmt gutgetan. Wir waren noch nicht in Köln, als die beiden schon beim fünften und sechsten Joint angekommen waren. Die Weibergeschichten von Donny und Curtiz wurden immer abstruser, manchmal schienen sich Komponenten aus vorherigen Stories mit neuesten Highlights aus ihrem Leben zu vermischen. Ich wurde langsam auch müde, Larse lag sowieso mehr schlafend als wach in seinem Sitz. Meine linke Hand lag inzwischen schon auf der Brust des Hundes, der ruhig atmete und dessen Namen ich immer noch nicht kannte. Ich wollte Donny endlich nach seinem Namen fragen, aber ließ es dann doch sein, weil Donny gerade dabei war, Curtiz die philippinische Schauspielerin zu beschreiben, die er auf Barbados kennen- und lieben gelernt hatte. Ich fragte mich, ob der Hund in jener Nacht wohl auch dabei gewesen war. Und wenn nicht, wer hatte dann auf den Hund aufgepasst?

Wir waren schon über zwei Stunden unterwegs, als Curtiz auf einem Rastplatz hinter Köln hielt. »I need a break«, meinte er. Als er kurz ausstieg, sah man, dass er dieselbe Basketballkluft wie Donny trug, aber in Schwarz. Der Zweimetermann machte ein paar schnelle Dehnübungen, dann setzte er sich wieder hinters Steuer. Zum ersten Mal nahm er die Becherhalter, die Donny installiert hatte, richtig wahr.

»Was'n das für ein Shit? Don, diesen Shit braucht kein Mensch. Wir haben doch die geilen Cupholder in der Mittelkonsole. Don, das ist wackester Shit!« Er versuchte den Halter auf seiner Seite zu entfernen, aber das ging nicht so einfach. Wie gesagt, gab es da wohl einen Klickverschluss, der eingerastet war, als Donny die Dinger angebracht hatte.

»Oh, Mann, verdammt, Don! Wie kriegt man die Dinger wieder ab?«, wollte Curtiz wissen. Donny fingerte bereits an seinem Becherhalter herum, aber hatte wohl auch keine Lösung. Curtiz schlug Donny hart auf die Finger.

»Don, die Scheißdinger sind total safe in den Lüftungsschlitzen. Das kotzt mich aber echt an. Die Dinger verschandeln mir das ganze Auto! Wir müssen die Dinger entfernen. Sofort!«

Curtiz zog vorsichtig, aber etwas energischer an dem Halter. Aber nichts tat sich. Larse und ich beschlossen, uns ein wenig die Beine zu vertreten.

»Die sind doch völlig durchgeknallt«, meinte Larse. »Wir können froh sein, dass der Irre nur 30 km/h fährt, bei dem ganzen Gras, dass die sich schon durchgezogen haben.«

»Merkst du auch schon was?«, wollte ich wissen.

»Also wacher wird man nicht bei dem Smell in dem Wagen«, meinte Larse.

»Ich trinke gleich wirklich mal so ein Energy-Ding«, sagte ich.

Da Donny sein Fenster heruntergelassen hatte, konnten wir sehen, was gerade im Cockpit abging. Curtiz und Donny fingerten nervös an den Halterungen herum, offensichtlich aber ohne Erfolg.

»Die beiden sind jetzt voll in ihrem Cupholder-Film. Vielleicht sollten wir mal einen Kaffee trinken gehen«, schlug Larse vor.

»Donny und Curtiz«, rief ich in den Wagen, »wir gehen mal eben noch Kaffee holen. Sollen wir euch einen mitbringen?«

Erst kam gar keine Antwort, dann rief Curtiz, dass wir uns ruhig Zeit lassen sollten, denn wir wären ja alle nicht auf der Flucht. Als Larse und ich nach 20 Minuten zurück zum Auto kamen, hatte sich in Sachen Cupholder immer noch nichts getan. Aber Curtiz war anscheinend ganz schön sauer.

»Ich kann die Scheißdinger mit Gewalt rausbreaken. Ja, das kann ich«, schrie er Donny an. »Aber dann verschandel ich mir den ganzen Driverplace! So eine verdammte Scheiße! Wie bist du nur auf die Idee gekommen, mir diese allerletzte verdammte Scheiße in die Karre zu montieren? What the fuck? Sag mir bitte, Brother, what the fuck?«

Donny sagte gar nichts. Die Sache war ihm fürchterlich peinlich. Er fummelte hilflos und wenig energisch an der Halterung herum. Anscheinend hatten die beiden in der Zwischenzeit schon versucht, mit spitzen Gegenständen der Sache Herr zu werden. Man sah schon ein paar Kratzer an den Lüftungsgittern, die Curtiz mit einem Mikrofasertuch polierte, was natürlich auch nichts brachte. Curtiz schleuderte den Lappen in Richtung Donny und setzte einen Schlusspunkt: »Also, die Scheißdinger bleiben jetzt da, wo sie sind. Ich lass die komplette Vorderarmatur in Wien ausbauen. Hab da einen Spezialisten. Aber das zahlst du, Don. Das zahlst du! You gonna pay for this!« Donny nickte nur und streckte Curtiz die flache Hand entgegen. Curtiz klatschte ab. Damit war die Sache hoffentlich erledigt. Jedenfalls in Larses und meiner Gegenwart.

Endlich ging es weiter. Donny zückte zwei weitere Joints, was nicht dabei half, die Becherhalter endlich zu vergessen. Curtiz kam immer wieder auf den Wahnsinn in seinem Cockpit zu sprechen. Donny äußerte immer wieder dieselben Vermutungen, wie der Spezialist in Wien wohl vorgehen werde. Die Unterhaltung drehte sich loopartig im Kreis. Der musste endlich unterbrochen werden.

»Auf welche Party geht ihr denn heute Abend eigentlich?«, fragte ich nach vorne.

Im Rückspiegel sah ich die erschrockenen Gesichter von Curtiz und Donny. Sie brauchten einen Moment, um das Thema zu wechseln, sie steckten noch voll in den Lüftungsschlitzen.

»Oh, Mann, wir reden eigentlich nicht drüber«, sagte Curtiz. »Ist eher so ein geheimer Joint. Man macht keinen Talk about it.«

»Illegal?«, fragte Larse.

»Cool down, Mann«, sagte Curtiz. »Nee, Mann. Wir sind Hip-hop-Heads und die Party ist eher so ein Weiberding … Man geht hin, weil die Ladies hot sind. Aber man redet nicht drüber.«

»So was wie eine Schlagerparty?«, warf ich ein.

»Ey, Mann, wie bist du denn drauf?«, blaffte Curtiz.

»Nein, das ist so ein neues Ding. Das nennt sich Brazilectro!«

In Bochum gab es mal auf der Hattinger Straße eine Pornovideothek, die hieß »Sexfilmclub El Brasi«. Ich fragte mich, ob die Leute vom »El Brasi« jetzt auch überregional Parties veranstalteten.

»Das ist so ein Elektrosound mit Latinoeinflüssen. So was läuft in Miami und den coolen Clubs in den Staaten.«

»Noch nie gehört, dass so was in den Clubs läuft«, meinte Larse.

»Alter, ruf meine Brüder drüben in den States an«, beschwor ihn Curtiz und hielt ihm das Megahandy hin.

Wir fragten, warum man hier nicht drüber redet, wenn es doch so heiß bei den Brüdern in den USA ist, zu Brazilectro abzufeiern.

»Du kannst die Staaten nicht mit Deutschland vergleichen«, stellte Curtiz klar. »Drüben ist das cool. Hier ist das ein Mädchending. Wir gehen nur hin, weil da die hübschesten Ladies sind. Wir werden nur locker wippen und die Girls auschecken. Der Scheißsound ist sowieso viel zu schnell. Ich mag's langsam.«

Curtiz philosophierte bei den nächsten Joints, die er mit Donny verqualmte, noch viel über echten Hip-Hop, über die Staaten und den Sinn und Unsinn von Spezialfeatures in Autos wie seinem. Als wir endlich in Aachen ankamen, waren Larse und ich völlig erschöpft. Ob das an der Luft im Auto lag oder an den schwachsinnigen Gesprächen von Donny und Curtiz? Wir schleppten uns in Trippelschritten zu unserem DJ-Gig und legten so langsam auf wie noch nie.

»Wir müssen jetzt wirklich Energy-Drinks trinken. Sonst schlafen wir. Und die Leute hier auch«, sagte ich.

»Hätten wir schon vorhin auf der Fahrt machen sollen«, sagte Larse. Irgendwie kriegten wir die Kurve noch und schafften es, eine anständige Stimmung auf der Party zu erzeugen. Gegen zwei Uhr nachts tauchten plötzlich Donny und Curtiz an der DJ-Kanzel auf. Sie hatten noch zwanzig Typen im Schlepptau.

»Die Brazilectro-DJs haben den Flug verpasst oder durften nicht einreisen. Keine Ahnung. Wir haben erst stundenlang nach dem Scheißkeller gesucht, in dem die Party stattfinden sollte, und dann erfahren, dass da gar nichts läuft. Die ganzen Ladies sind sowieso hier bei euch. Wir feiern jetzt hier ab«, sagte Curtiz. »Aber verdammte Scheiße«, fügte er dann hinzu, »ihr seid viel zu schnell. Viel zu schnell, Brother! Spielt mal was Langsames!«

Wir spielten unseren Sound weiter, hier hatte Curtiz nichts zu sagen. Donny sagte sowieso nichts. Ich fragte mich, wo der Hund abgeblieben war und ob ich Donny endlich fragen sollte, wie er hieß.

Ich ließ es sein. Larse und ich sind nie wieder über die Mitfahrzentrale irgendwohin gefahren. Larse hat sich danach noch zwei weitere Autos gekauft, damit er niemals wieder in die Verlegenheit kommt. Neulich bat ich Larse, mir ein Auto zu empfehlen, mit dem ich sicher unterwegs bin. Es sieht ungefähr so aus wie das von Curtiz.

Kaputter Tag und Stille Nacht

Heiligabend, das sagt schon der Name, ist eigentlich kein Tag. Vielleicht ein ›Murmeltiertag‹, wie in dem berühmten Film mit Bill Murray. Viele Menschen erleben Heiligabend ja auch so: jedes Jahr dasselbe Programm, die immer gleichen Rituale vom Last-Minute-Einkauf bei Karstadt bis zum Karpfen, zur gekochten Zunge und den anderen obskuren Gerichten, die so und in dieser Form nur einmal im Jahr auf den Tisch kommen. Es soll auch Menschen geben, die jedes Jahr an diesem Tag immer dasselbe aus den Schachteln und Päckchen packen: Socken, Krawatten, DVDs, Blu-rays oder irgendeinen schrecklichen Duft, der zum Weihnachtshimmel stinkt. Das ist Weihnachten. Und dazu gehört es für viele Menschen eben auch, die Show mit mir, dem einsamsten DJ der Welt, laufen zu lassen. Es gibt einige Songs in dieser Weihnachtssendung, die auch ich alljährlich immer wieder spiele, sodass ich jetzt auch versucht sein könnte, ebenfalls zu sagen: Immer dasselbe! Murmeltierweihnachten!

In etlichen Zeitungsartikeln hat auch schon gestanden, dass da eine Art einsamer Cowboy dann, wenn alle anderen es sich langsam gemütlich in ihren Wohnzimmern machen, seine schwere Plattenkiste schultert, diese in seinen Kombi hievt und sich dann auf den Weg über die Autobahn zu seinem Sender macht, um pünktlich zur Bescherung mit seiner Radioshow zu beginnen. Es gibt einige Konstanten in all den Jahren, Murmeltiermomente, wenn man so will, die sich mir tatsächlich ins Gedächtnis gebrannt haben.

Ich wache auf, bin etwas verzweifelt, weil ich an diesem Tag unter Strom stehe und es viele Dinge gibt, die ich nicht vergessen darf. Erst mal genaues Nachzählen, ob ich tatsächlich alle Geschenke für diejenigen habe, die ich in den nächsten Tagen beschenken will. Irgendwas fehlt immer, aber das ist auch irgendwie noch aufzutreiben, zusammen mit all den anderen Dingen, die noch zu kaufen sind: traurige Weihnachtskost für das kleine Buffet, das ich traditionell immer für meine Kollegen, die ebenfalls Dienst zu schieben haben, ausrichte. (Jaja, der einsame DJ ist nicht total alleine! Irgendjemand muss doch die Technik im Auge haben und die ganze Post an mich weiterleiten, oder? Im Atomkraftwerk sitzt an Heiligabend definitiv auch nicht nur ein Typ vor einer Kerze!) Immerhin kaufe ich Jahr für Jahr frisch ein. Wenigstens die Brötchen und den Käse. Gurken, Würstchen, Senf usw. sind natürlich in Gläsern, aber es ist etwas romantischer, wenn ich am Abend zu den Kollegen sagen kann: »Frisch eingeholt!« Während dieser Einkaufstouren konnte ich im Bochumer Ruhrpark-Einkaufszentrum (ein Ort, an dem der Geist der Weihnacht auf etwas unterkühlt-abstrakte Art und Weise zu Hause ist) immer noch schnell fehlende Geschenke besorgen. Anschließend eilig wieder nach Hause mit einem schon viel zu hohen Puls.

Jedes Jahr dieselben Fragen im Kopf. Wem bringe ich jetzt schnell noch ein Geschenk vorbei, wem lieber erst morgen oder übermorgen? Ist die Post wohl pünktlich bei den Patenkindern angekommen? Und wann fange ich jetzt endlich an, die Plattenkiste zu packen, damit ich auch ja rechtzeitig von zu Hause wegkomme?

Die Kiste ist ungefähr 60 x 80 cm groß, 30 cm hoch. In so einem Behältnis lagert man normalerweise Werkzeug und dann wird es von zwei starken Männern getragen, für die ein solcher Kasten eine Fingerübung ist. Für mich ist diese Kiste eine Grenzerfahrung. Sie ist so fürchterlich schwer, dass beim Wuchten in meinem Kopf Film- und Fernsehszenen erscheinen: Ich denke an einen Gewichtheber beim

Versuch, einen Weltrekord aufzustellen. Ich denke an Mörder, die eine Leiche verschwinden lassen wollen. Ich denke an einen einsamen Piraten, der auf seiner gottverlassenen Insel nichts mehr zu essen hat, aber unbedingt eine Schatztruhe bunkern will. Meine Kiste ist wohl am ehesten so etwas wie dieser Piratenschatz. Weil es eigentlich völlig schwachsinnig ist, diese Plattenkiste zu packen, wenn man bedenkt, dass nichts leichter wäre, als einfach ein paar Hundert Songs auf eine Festplatte zu laden und die mit ins Studio zu nehmen. Es wird allmählich wirklich einmal Zeit, darüber nachzudenken, die Weihnachtsshow zu digitalisieren.

In den ersten acht Jahren war das technisch aber ja auch tatsächlich noch gar nicht möglich. Und dann hab ich das mit dem Packen so beibehalten. Ich meine, Millionen von Hausfrauen klemmen auch noch Kerzen an die Christbäume, anstatt auf LEDs umzustellen. Und sicherlich kriegt man Karpfen oder Gans auch aus der Tiefkühltruhe. Aber an Weihnachten muss frisch angerichtet werden. So ist das nun einmal. Egal, wie schwer oder bis auf wie viele Restmillimeter die Kiste mit CDs und Platten vollgepackt ist! Sie ist nichts, aber auch überhaupt nichts wert und gänzlich nutzlos, wenn nicht eine besondere CD darin liegt. Nämlich die mit »Silent Night« von Sinéad O'Connor, das ich immer um Punkt 24 Uhr und dann noch einmal am Ende der Sendung spiele. Dass ich nicht wenigstens dieses Lied schon vor Jahren auf meinen Rechner geladen oder den Radioproducern als Kopie zur Verfügung gestellt habe, damit nichts schiefgehen kann, ist selbst für mich nicht nachvollziehbar. Aber es muss eben von dieser CD gespielt werden. Das ist ein Ritual.

Natürlich ist das irgendwie zwanghaft und ich frage mich, ob ich einmal im Jahr so eine Macke habe wie Tante Milla in Heinrich Bölls Geschichte »Nicht nur zur Weihnachtszeit«. In der Story steuert eine ganze Familie in einen ununterbrochenen, zwei Jahre dauernden Weihnachtshorror, weil die Weihnachtsrituale nicht ordentlich abgewickelt wurden. Für mich wäre ein Heiligabend ohne diese CD ein Desaster, ein nicht wiedergutzumachendes Fiasko und die schlechtesten Erinnerungen habe ich an den Heiligabend, als ich diese CD nicht sofort gefunden habe. Ich war gerade in eine riesige Altbauwohnung gezogen, in der ich ein großzügiges Musikzimmer hatte. Mit diesem Zimmer sollte mein Leben eigentlich besser und geordneter werden. Platz für Ordnung, Raum zum Archivieren. Hier wollte ich endlich die Wandlung vom Tonträger-Messi zum besonnenen Musiksammler mit Kollektionsübersicht vollziehen. Eingezogen war ich im Mai, am Nachmittag des 24. Dezembers herrschte immer noch gröbstes Chaos ohne Fixpunkte, an denen ich mich orientieren konnte. Zwei Stunden lang hatte ich schon die Plattenkiste gepackt und war insgesamt ganz zufrieden mit meiner Auswahl, aber nonstop blitzte in meinem Kopf die Hülle der CD mit »Silent Night« auf und meine eigene Stimme klang debil in meinem Kopf, wenn sie fragte, wo die CD war. Inzwischen drängte die Zeit. Ich musste in spätestens fünfzehn Minuten vollgepackt mit meinen Einkäufen, mit dem alten Kunststoffchristbaum (auch ohne den geht es nicht) und vor allem mit der Plattenkiste das Haus verlassen, damit die Anreise zum Studio und das Einrichten für die Sendung dort nicht in extremen Stress ausarten würden. Aber ich fand die Platte nicht. Ich war drauf und dran, irgendeinen illegalen

Download im Internet zu starten. Damals war aber längst nicht sicher, ob schon irgendjemand das Stück hochgeladen hatte. Und in welcher Qualität hätte ich den Song bekommen? In diesem Zusammenhang stellte sich auch automatisch die Frage, wie Tante Milla in Heinrich Bölls Kurzgeschichte reagiert hätte, wenn der Deko-Engel nicht bei jedem Fest exakt in derselben Tonlage »Frieden« geflüstert hätte. Nein, das kam nicht infrage. Das Zimmer mit all den Schallplatten, CDs und Büchern - alles in Tausenden von Exemplaren - begann sich um mich herum zu drehen und mir war klar: In diesem Moment begann ein Kampf zwischen mir und meiner Umwelt. Ein Kampf nach uralten Regeln. Mensch, Mann, gegen widrige Umstände und Naturgewalten. Es konnte nur einen Sieger geben. Mich oder das unkontrollierbare Chaos um mich herum. Ich fing also an, panisch einen Stapel von CDs nach dem anderen umzustürzen und großflächig vor mir auszubreiten. Ganze, vorsortierte Reihen von CDs riss ich aus Regalfächern, zerstreute sie auf dem Boden in der Hoffnung, mit dieser Taktik, die etwas von einem wild schlagenden einarmigen Boxer hatte, endlich den einen, unverzichtbaren Song zu finden. Nach zwanzig Minuten war das Musikzimmer komplett ruiniert, aber ich hatte die CD tatsächlich gefunden. Heiligabend konnte beginnen. Es kam viel Post, es gab bewegende Momente, die Tränen um Mitternacht, das Gefühl, dass Weihnachten etwas Besonderes ist. Dass ich einen besonderen Job habe. Bis die Nacht dann wirklich ganz still war. Und jedes Jahr ist. Bis dahin.

Ich danke Anne, Aidan und Mats.

The cars parked in the hypermarket know …
Suede, Everything Will Flow